十《じゅう》代《だい》最《さい》後《ご》の日《ひ》
赤川次郎
JIRO AKAGAWA MYSTERY BOX
ミステリーの小箱
こわい物語
汐文社《ちょうぶんしゃ》

もくじ

カバー・本文イラスト　456

デザイン　西村弘美

十代最後の日

こんな日に死ぬなんてこと、あるわけないよな。

――友也《ともや》は家を出て、穏《おだ》やかに晴れ上がった秋空を見上げながら思った。風もなく、暑くも寒くもない。さっぱりと爽《さわ》やかな日。

いつも遅刻《ちこく》すれすれの時間に家を出る友也でさえ、今日はたっぷり余裕《よゆう》を持ってのんびり駅への道を歩き始めていた。

今日は一限《げん》から授業《じゅぎょう》があって、多少道行く人も多いけれども、誰《だれ》もがいつもより焦《あせ》っている感じがなく、足どりもこころなしか軽い様子だ。

友也は大学二年生である。

ゆうべはほとんど眠《ねむ》っていないのに、今朝少しも頭が重いとかだるいとかいった気分が残っていないのはふしぎなくらいだった。――若《わか》いから、というだけではない。

今日という日を、友也はずっと恐《おそ》れていたのだ。何年も前から、永久《えいきゅう》にこの日が来ないでくれたらいい、と願って来た。

ゆうべ眠《ねむ》れなかったというのもそのせいなのだが、いざこの日になってみると、何だか呆気《あっけ》ないくらい、どうってことなくて、気持が良くて、こんなに元気で快適《かいてき》なことなんか、ここ何年もなかったようにさえ思えるのだった。

そうだ。こんな日に死ぬなんてこと、あるわけないさ……。

友也は角をヒョイと曲って——。

そこに、女の子が立っていた。

そして、友也と目が合うとニッコリ笑ったのである。

友也は、誰《だれ》か自分の後ろにいるのかと振《ふ》り向《む》いたりしたが、そうではない。女の子はいかにも楽しそうに笑った。

年齢《ねんれい》はせいぜい七、八歳《さい》か。ちょっと冗談《じょうだん》のように可愛《かわい》いドレスなんか着て、少女マンガから抜《ぬ》け出《だ》して来たみたいだ。

「こんにちは」

と、少女は言った。

「あ……。おはよう」

友也は戸惑《とまど》って、「君、誰《だれ》だっけ？」

どう考えても、こんな小さな子に知り合いはいない。

「迎《むか》えに来たの」

「迎《むか》えに？」

「約束だったでしょ。今日で十代はおしまいよ」

友也は改めて少女を見つめた。――いかにも愛らしい顔立ちだが、目は子供《こども》のものではない。どこか冷ややかに友也を眺《なが》めている。

だが、友也はその少女を、どこかで見たことがあるという気がした。

「君は……何だ？」

友也の声は少しかすれていた。

「私《わたし》、死神よ」

死神？――こんな可愛《かわい》いドレスを着た死神なんて……。

「たいていみんな、面食らうわ」

と、少女は肩《かた》をすくめて、「でも、黒い頭巾《ずきん》かぶって、大きな鎌《かま》持って、なんて、人間が勝手に考えた姿《すがた》よ」

そりゃそうかもしれない。誰《だれ》だって、死神を見てから絵に描ける訳《わけ》じゃないのだから。

「死ぬ人が怖《こわ》がって逃《に》げ出《だ》しちゃうようじゃ、こっちも面倒《めんどう》だもの。一緒《いっしょ》に手をつないで行こうって思ってくれるような恰好《かっこう》しなきゃね」

確《たし》かに理屈《りくつ》に合っている。しかし、この前は……。

「今、行くのか？」

と、友也は訊《き》いた。

「死んでから。——今日中に、あなたは死ぬことになってるの。だからそれまでついて歩かせてもらうわ。いいでしょ？」

「だめだって言っても、ついて来るんだろ」

「いい、仕事だからね」

少女が微笑《ほほえ》むのを見て、友也はゾッとした。こいつは人間じゃないんだ。

「僕《ぼく》は……どこでどうやって死ぬんだ？」

「それは私《わたし》にも分からないけど、今日中ってことは確《たし》かよ」

今日中に……。この、十代最後の一日に。

明日、友也は二十歳《はたち》になるのだ。

「友也！」

と呼《よ》ぶ声がした。

分かっていたようでもあったが、やはり一瞬《いっしゅん》ハッとする。

「やあ……」

友也は、何とか笑顔《えがお》を作って、小走りにやって来る香子《きょうこ》を見た。

「今朝は早いのね！　雪でも降《ふ》るかしら？」

と、香子は笑って言った。「――どうかした？　気分でも悪いの？　何だか暗いじゃない」

友也はチラッと自分の後ろをついてくる少女の方へ目をやった。香子もそっちを見たが、

「――どうしたの？」

と、友也を見て、「何を見てたの？」

「あいつさ」

「え？　誰《だれ》もいないわよ」

と、ふしぎそうに言う。

そうか。香子には見えない。当然だ。香子はまだまだ、この先何十年も生きて行くのだから。

香子……。死ぬなよ。僕《ぼく》の分まで、長生きしてくれ。

「何だか変よ、友也」

「ごめん。――さあ、行こう」

と、友也は重苦しさを振《ふ》り払《はら》うように言った。

「——何が建つのかしらね」

「うん？」

「このビル」

「ああ……」

二人は工事中のビルのそばを通っていた。

ダダダ……。機関銃《きかんじゅう》みたいな音や、ブーンという低い唸《うな》り声《ごえ》。ダンプカーが土埃《つちぼこり》を上げながら出入りする。

「ちょっと待って下さい」

ヘルメットをかぶった作業員が二人を止めて、出て来るダンプカーを通そうとした。

「いつもなら文句《もんく》言うとこね」

と、香子がからかう。「怒《おこ》りっぽいんだから」

香子とは、幼稚園《ようちえん》からの幼《おさな》なじみである。大学まで同じ、というのは、二人がそうしようと努力したせいでもあるが、勉強に関しては、いつも香子が友也の「家庭教《きょう》師《し》」だった。

友也は香子のことが好きだった。いつから、というのではなく、気が付いたら、ずっと前から好きだった、ということだ。

香子を守ってやれるのは僕《ぼく》しかいない！

幼稚園《ようちえん》のころから、友也は香子が男の子に泣かされたりすると、猛然《もうぜん》とその男の子に飛びかかって大ゲンカしたものだ。

香子……。でも、明日からは誰《だれ》が君を守るのだろう？

チーン、と金属音《きんぞくおん》がして、足下《あしもと》を見ると小さなネジが円を描《えが》いて転がっている。ふと、反射的《はんしゃてき》に頭上を見上げた。

何かが落ちて来る、と思うより早く体が動いて、香子を抱《だ》きかかえるようにして思い切り後ろへ走る。行けるだけ行って、香子の足がもつれて倒《たお》れると同時にその上に伏《ふ》せた。

ガーン、と耳をしびれさせる音と共に鉄骨《てっこつ》が数本、たった今まで二人の立っていた場所に落ちて飛びはねた。

細かい石のかけらが飛んで来て当たったが、ほんの一瞬《いっしゅん》のことで、友也も香子も無事だった。

「――友也」

「けが、してないか」

「うん……」

二人は体を起こして、うっすらと埃《ほこり》をたてながら重なっている鉄骨《てっこつ》をゾッとする思いで見た。

「立ってたら……死ぬとこだった」

と香子が目をみはって、「――ありがとう、友也」

友也はふと、あの少女を目で探《さが》した。ここで、僕《ぼく》は死ぬことになってたんだろうか？

人が立ち止まり、集まって来ていた。その合間に、少女の姿《すがた》をした「死神」が見える。そして友也は少女の表情《ひょうじょう》を、はっきりと見た。がっかりしている顔だ。

そして、友也は思った。――「死」は逃《のが》れることもできるのだ。そうでなければ、あの死神ががっかりしなくてもいいわけである。

そうか。――今日一日、生きのびれば……。

死なないぞ！　今日一日、何があっても決して死なないぞ！

工事現場《げんば》の人が何人か駆《か》けて来るのが目に入った。

「これで、友也に二回も助けてもらったね」

と、香子が言った。

「そうだっけ……」

「いやだ。忘《わす》れたわけじゃないんでしょう？」

忘《わす》れるもんか。特に今日一日は、忘《わす》れたくたって忘《わす》れられやしない。

「そんなこと、今はいいよ。今日は、何限《げん》まで？」

と、友也は話を変えた。

――二人は学生食堂で昼食をとっていた。

もう混雑《こんざつ》はピークを過《す》ぎて、空席も少し見える。この後は化学の実験だ。

同じ大学といっても、学部が違《ちが》うのでずっと香子と一緒《いっしょ》ではない。

「三限《げん》まで。友也は四限《げん》でしょ？」

「うん。でも――さぼっちゃおうかな」

「だめよ。ちゃんと出席しなきゃ」

香子の言葉に、友也も思い直した。却《かえ》っていつもと違《ちが》うことをやると良くないかもしれない。

それに、大学の中ではそう危険《きけん》なこともないだろう。

友也は周囲をそっと見回し、離《はな》れたテーブルに、あの少女の姿《すがた》を見付けた。いくらでもつけ回してろ！　絶対《ぜったい》に生きのびて見せる。

「――私《わたし》、四限《げん》がすむまで図書館で待ってるわ」

「そう？　じゃ、授業《じゅぎょう》がすんだら行くよ」

二人が、食べ終えた盆《ぼん》をセルフサービスのカウンターに運ぼうと立ち上ると、突然《とつぜん》足下《あしもと》が揺《ゆ》れた。

「地震《じしん》!」

と、香子が怯《おび》えたように声を上げ、「怖《こわ》い!」

「大丈夫《だいじょうぶ》だ! つかまって!」

しかし、大したことはなかった。何秒間か揺《ゆ》れたが、じき静かになる。

「——良かった」

と、友也が息をついた。

地震《じしん》なんかで死ぬのはいやだ! こんなのずるいぞ!

友也がにらみつけてやっても、あの少女は知らん顔でそっぽを向いている。

そんな手にのるか!

食堂の中も、少しざわついた程度《ていど》で、もう何ごともなかったようだ。

「友也……」

「どうかした？」

「お盆《ぼん》が……」

香子は怖《こわ》くて、友也は香子を抱《だ》き寄《よ》せようとして、二人とも食事の盆《ぼん》を放り出してしまっていたのだ。


「試薬のAがなくなりました」

と、学生の一人が言った。

「ああ」

中年の助教授《じょきょうじゅ》は眠《ねむ》そうに、「おい、お前知ってるだろ、予備《よび》のある棚《たな》」

と、友也に声をかけた。

「はい」

と、友也は手を拭《ふ》いて肯《うなず》いた。

この先生はクラブで顔を知っているので、何かというと友也に用事を言いつける。

実験教室を出て、隣《となり》の予備《よび》の薬品が置いてある部屋へ入ると、

「試薬のA……。この上か」

すぐに棚《たな》は分かった。微妙《びみょう》な高さで、台に乗るほどでもないが、背伸《せの》びをしても手が届《とど》くかどうか……。

もちろん、友也は知らなかった。その一段《だん》上の棚《たな》に硫酸《りゅうさん》のびんが不注意で置かれていて、さっきの地震《じしん》で棚《たな》の手前、ぎりぎりの所まで動いてしまっていたことなど。

——友也は、力一杯《ちからいっぱい》伸《の》びをして、爪先立《つまさきだ》ちで手を伸《の》ばした。

そのとき、ふっと思い出した。

あのときも、力一杯《ちからいっぱい》手を伸《の》ばしたっけ……。

ハイキングに行った山間で、香子が流れに落ちて、見る間に押《お》し流《なが》されて行った。

必死で追いかけた友也は、岩にしがみついている香子を見付けて、できるだけ近付くと、腹這《はらば》いになり、手を精一杯《せいいっぱい》伸《の》ばして、

「つかまれ！」

と、怒鳴《どな》った。

だが――濡《ぬ》れた岩をつかむ手は無情《むじょう》に滑《すべ》って、香子は流れに呑《の》まれて行った……。

「――もうちょっと」

と、棚《たな》に左手をかけて、弾《はず》みをつけて軽く飛ぶと、試薬の入ったびんをうまくつかんだ。

しかし、下りたとたん、よろけて棚《たな》にぶつかってしまう。

古い棚《たな》が揺《ゆ》れた。ゆっくりと硫酸《りゅうさん》のびんは傾《かたむ》いて、棚《たな》から真直《まっす》ぐに落ちて行く。


「香子!――香子!」

やっと香子が見付かったのは、流れがゆったりと淀《よど》んで広くなった所で、香子は岸からせり出した枝《えだ》に引っかかっていた。

急いで岸へ引き上げたが、香子は青白い顔をして、いくら揺《ゆ》さぶっても何の反応《はんのう》もなかった。

人工呼吸《こきゅう》のやり方など知らない。しかし、いつか映画《えいが》で見たのを真似《まね》て、必死で香子の胸《むね》を押《お》してみた。

「香子！——目を覚ませよ！　香子！」

友也の叫《さけ》びは、空《むな》しく谷間に響《ひび》いた。

こんな所で死ぬな！——畜生《ちくしょう》！

友也は香子を抱《だ》き起《お》こして、力一杯《ちからいっぱい》抱《だ》きしめた。冷え切った香子の体には、もう命のきざしは全くなかった。

そのとき——。

「助けたい？」

という声がして、友也はびっくりして振《ふ》り返《かえ》った。

少年が——ほっそりとして色白の、まるでどこかのアニメから抜《ぬ》け出《だ》して来たような美少年が立っていた。

「その子、助けてあげてもいいよ」

と、少年は少しはにかむような口調で言った。

「お前……。誰《だれ》だ？」

「僕《ぼく》、〈死神〉だよ」

と、美少年は言った。「その子を迎《むか》えに来たんだ」

「馬鹿《ばか》言え！」

カッとなって、友也は怒鳴《どな》った。「こいつは死なないんだ！」

「だから言ってるだろ。助けてあげてもいいよ」

「何だって？」

「その代わり、君が死ぬ？」

友也も、一瞬《いっしゅん》詰まった。もちろん香子は大切だ。でも、代わりに死ぬか、と言われたら、迷《まよ》っても当然である。

「——すぐとは言わないよ」

と、少年は続けて、「君、十六だろ？　じゃ、こうしよう。十代で死ぬのも可哀《かわい》そうだから、その間は生かしといてあげる」

「二十歳《はたち》まで？」

「二十歳《はたち》になるまで。十九歳一杯《さいいっぱい》、生きてられるってこと。それで良ければ、その子を助けてやるよ」

友也は、呼吸《こきゅう》も止まったままの香子を見下ろした。――むろん、自分が今夢《ゆめ》を見ているのかもしれないとも思っていた。

半信半疑《はんしんはんぎ》だったからこそ、

「分かった。いいよ、それで」

と、返事をしたのかもしれない。

「じゃ、またそのときに迎《むか》えに来るよ」

と、少年は言って、ゆっくりと立ち去った。

――何だ、あいつ？

呆然《ぼうぜん》として座《すわ》り込《こ》んでいた友也は、突然腕《とつぜんうで》の中で香子が動いたので、びっくりした。

香子は何度か咳込《せきこ》むと、苦しげに息をして、やがて目を開けた。

「——友也？」

と、かすれた声で、「私《わたし》……生きてるの？」

「ああ！　生きてるぞ。死ぬもんか、お前が！」

友也は、次第《しだい》にぬくもりの戻《もど》ってくる香子の体を強く抱《だ》きしめて、

「友也、苦しいよ……」

と言われてしまったのだ。


「いや、運が良かった」

と、助教授《じょきょうじゅ》は汗《あせ》を拭《ふ》いた。「もろにかぶってたら、今ごろ命はなかった」

たぶん、助教授《じょきょうじゅ》が喜んでいるのは友也が難《なん》を逃《のが》れたことでなく、自分が責任《せきにん》を問われずにすむことなのだろうが、それでも友也だって嬉《うれ》しいに違《ちが》いなかった。

硫酸《りゅうさん》のびんが落ちて来たとき、やはり揺《ゆ》れたせいで途中《とちゅう》の棚板《たないた》が前方へ滑《すべ》ってせ

り出し、びんはそれに当たってから、友也の背後《はいご》に落ちて砕《くだ》けたのだった。

「な、このことは黙《だま》っててくれ。硫酸《りゅうさん》をそんな所に置き忘《わす》れてたなんてばれたら、教《きょう》授《じゅ》からこっぴどく叱《しか》られる」

先生に肩《かた》をギュッと抱《だ》かれて頼《たの》まれると、いやとも言えなかった。

「はい……」

「ありがとう！」

友也としては、まあ命が助かったのだから、悪い気はしない。それに、少し離《はな》れた所にあの少女が立っていて、つまらなそうな顔をしていたのだ。

「——友也！」

と、声がして、香子がハアハア息を切らしながら立っている。

「香子。どうしたんだ？」

「大丈夫《だいじょうぶ》なの？　何ともないのね？」

「ああ。——床《ゆか》がこんなになっちゃったけどな」

と、友也が、硫酸《りゅうさん》で黒く焦《こ》げてしまった床《ゆか》を見下ろした。

「良かった！」

と言うなり、香子は飛びついて来た。

助教授《じょきょうじゅ》は、おかげではね飛ばされて尻《しり》もちをついてしまったのだ。


そうだ。

——死ぬもんか。運は俺《おれ》に味方してる。

友也は、しっかりと香子の手を取って歩いていた。

大学からの帰り道、二人は駅に向かって歩きながら、ほとんど口をきかなかった。

言葉がなくても、特別の気持が二人を結びつけていることはよく分かった。

並木道《なみきみち》には夕陽《ゆうひ》が射《さ》して、木の影《かげ》が斜《なな》めに伸《の》びている。

友也はちょっと振《ふ》り向《む》いてみた。——あの少女は見えない。どこかへ行っちゃったのかな。

今、五時。あと七時間、気を付けていればいいんだ。――九十か百歳《さい》まで長生きしてやるぞ！

でも、あの〈死神〉はどこに行ったんだろう？　もう諦《あきら》めたんだろうか。

トン。――トン。

何かが弾《はず》む音がして、ふと目をやると白いボールが目の前を転がって行った。

ボールは車道へ転がり出て、女の子が一人、それを追って駆《か》けて行く。

「危《あぶ》ないわ――」

と、香子が目で追った。

「車だ！」

トラックが走って来た。女の子はボールを捕《つか》まえようと夢中《むちゅう》だ。

クラクションが鳴った。

「危《あぶ》ない！」

香子が駆《か》け出《だ》した。

「よせ！　香子！」

と、友也が叫《さけ》んだとき、もう香子は車道に飛びだしていた。

トラックがブレーキをかける。

友也は必死で駆《か》けて行った。香子が女の子を抱《かか》え上《あ》げ、友也は二人を体ごとぶつかるようにして押《お》した。

自分はそこで足がもつれた。前のめりに転ぶ。トラックは精一杯《せいいっぱい》ブレーキをかけていたが、とても友也の手前で停《と》まることはできなかった……。

――トラックは斜《なな》めに道をふさぐようにして停《と》まっていた。

運転手は、フロントガラスに頭をぶつけて気を失っている。

――香子は起き上がって、トラックを見ると、

「友也……」

と呟《つぶや》く。

「やっ、と死んだ」

と、少女が起き上がった。「ボール、どこかな」

「でも……。これでいいの?」

「そうよ。これで、好きな人を連れて行けるでしょ。一人で死ぬのは寂《さび》しいものね」

微笑《ほほえ》んでいる少女の顔は、友也はついに気付かなかったが、あの少年とそっくりだった。

少女は道の端《はし》に転がっていた白いボールを拾って来た。

「——行く?」

「彼《かれ》……。私《わたし》のこと、恨《うら》まないかな」

「あなたが一緒《いっしょ》に死ぬ相手に選んだんだから。愛していれば、喜んでくれるわよ」

「そうね……。今日の出来事で、私《わたし》、決めたの。一緒《いっしょ》に行くのは、友也しかないって」

「考える時間は充分《じゅうぶん》あったでしょ。それで決めたんだから。それに、もう彼《かれ》は生き返らないわ」

「そうね」

一人より二人の方が……。永遠《えいえん》の時間を生きている〈死神〉にとって、三年やそこら待つなんて、どうってことじゃないのだ。

「さ、彼《かれ》を連れて行きましょ」

「ええ……」

香子はトラックの方へ歩《あゆ》み寄《よ》ると、かがみ込《こ》んだ。

——夕闇《ゆうやみ》が迫《せま》っている。

少女と香子の二人は、暗い夜へ向かって歩いていった。

その暗い影絵《かげえ》のような後《うし》ろ姿《すがた》は、よく似《に》ていて、少し大きさが違《ちが》うだけだった。

少女はボールを手に、楽しげに投げ上げたりしている。香子も丸いものを両手に抱《かか》えていた。

香子は幸せだった。もうずっと一緒《いっしょ》だ。

友也の首をしっかり抱《だ》きしめて、香子は闇《やみ》への境界《きょうかい》を越《こ》えて行った。

ハープの影《かげ》は黄昏《たそがれ》に

1

暮《く》れかけて、空の色が濃《こ》い青から次第《しだい》に暗くかげり始めるころ、私《わたし》はまだ森の中にいた。

こんなことは初めてだ。いつもなら、この時刻《じこく》には叔母《おば》の屋敷《やしき》へ戻《もど》って、シャワーを浴びているか、それとも、もう着替《きが》えまですませて、図書室で本でも開いているか。

夏休みに叔母《おば》の家へやって来て十日、未《いま》だにディケンズの〈荒涼館《こうりょう》〉を読み終らない。急いで読む必要もない、という読み方も、楽しいものだと私《わたし》はここへ来て初めて知ったのである。

いや、そんなことはともかく——。今日はどうしてこんなに遅《おそ》くなったのだろうか。

そうか、出かけようとして、もう乗馬服に着替《きが》え、仕度《したく》をすませたところへ、叔母《おば》の知り合いという男の人がやって来て、私《わたし》までしばらくその退屈《たいくつ》な話に付き合わなくてはいけなかったのだ。

「本当に退屈《たいくつ》な奴《やつ》だったわね。グレイフォックス」

私《わたし》は、鈍《にぶ》い灰色《はいいろ》の愛馬の首を、軽く叩《たた》きながら言った。グレイフォックスはこうされるのを喜ぶのだ。

いつものコースを辿《たど》っていたのでは、森を出ないうちに、夜になってしまう。この土地の人間でもない私《わたし》には、夜の森を、方向も違《たが》えずに馬を進める自信はなかった。

「近道しよう」

私《わたし》は、手綱《たづな》を引いて、グレイフォックスの歩みを止めた。

「――ここを通れば、湖に出るわね」

けもの道というにも細いほどの、頼《たよ》りなげな道が木立ちの間を伸《の》びていて、方角からいって、間違《まちが》いなく、いつもぐるっと回っていく道を、短絡《たんらく》する近道に思えた。

「よし、今日はこっち」

私《わたし》は、グレイフォックスの腹《はら》に軽くけりを入れて、その細い道を進み始めた。

――それにしても、今日の叔母《おば》は、いつもの叔母《おば》らしくなかった。

高校一年生の時以来、三年ぶりでやって来た私《わたし》を、叔母《おば》は本当に行《い》き届《とど》いた気配りをして迎《むか》えてくれた。このグレイフォックスも、叔母《おば》は去年から飼《か》っているのだと言ったが、実は私《わたし》が来るというので、手に入れてくれたものだと私《わたし》は母から聞かされていたのだ。

もちろん、叔母《おば》に対しては、叔母《おば》の言葉を信じるふりをすることにしていた。

大学受験のために、この二年というもの、馬から離《はな》れていて、私《わたし》は懐《なつか》しさすら忘《わす》れかけていた。それを取《と》り戻《もど》すために、大学一年の夏休みという、一番暇《ひま》な時間を、友だちのあらゆる誘惑《ゆうわく》を振《ふ》り切《き》ってやって来た。

そして十日間。――途中《とちゅう》、ひどい雷雨《らいう》の日があったが、その一日を除《のぞ》いて、私《わたし》は毎日、午前中は叔母《おば》の屋敷《やしき》の裏手《うらて》の馬場で、午後はこの森をめぐるコースで、グレイフォックスに乗り続けているのである。

早くに連れあいを亡《な》くし、子供《こども》もいない叔母《おば》は、私《わたし》のことを娘《むすめ》同様に思ってくれているらしい。母の、腹違《はらちが》いの妹に当る叔母《おば》は、口やかましくて干渉《かんしょう》がましい母とは違《ちが》って、私《わたし》を大人として扱《あつか》い、自由を尊重《そんちょう》もしてくれている。

もちろん、そう言ってしまっては、いささか母に対し、不公平になるだろうとは思う。叔母《おば》が私《わたし》に優《やさ》しいのは、何と言っても「母親ではないから」なのだ……。

でも、その叔母《おば》が今日は、私《わたし》の、早く馬に乗りたいという気持を知っていながら、わざと気付かないふりをして、あの退屈《たいくつ》な男に付き合わせたのである。——なぜだろう？

男の名は——もう忘《わす》れてしまった。いや、確《たし》か……そう、木戸《きど》といったが、まだそれほどの年齢《ねんれい》じゃなかった。せいぜい三十代の半ば。でも、受ける印象は、疲《つか》れ切《き》って、妙《みょう》にわけ知りぶった中年男だった……。

もういい。忘《わす》れよう。きっと、二度とやって来ないだろうし、もし来ても、二度と、あんな男の話に付き合ったりしない！

「——どうしたの？」

グレイフォックスが急に足を止めたので、私《わたし》は言った。「何かあるの？――ほら、行って。暗くなっちゃうわ」

事実、森の中は、いささか私《わたし》が焦《あせ》ってしまうくらい、暗くなり始めていたのである。しかし、グレイフォックスは進まなかった。まるで、目の前に見えない壁《かべ》があるかのようだ。こんなことは初めてだった。

困《こま》った私《わたし》は、馬から降《お》りて、手綱《たづな》を引いて歩き出した。グレイフォックスも、渋々《しぶしぶ》、という様子で歩き始める。

その時――こんな森の中で聞こえるはずがないものが、私《わたし》の耳に届《とど》いて来た。

音楽。それもハープの調べだ。白い指がかき鳴らす数十本の弦《げん》。

その響《ひび》きが、暮《く》れかけた森の中へ広がって行く……。

どこから聞こえて来るんだろう？　左右へ目をやって――私《わたし》は自分の目を思わず疑《うたが》ったのだ。

今まで全く気付かなかったが、小さな、しかし小ぎれいな造《つく》りの家が一戸、木立ちの間を透《す》かして見えている。ハープの調べは、間違《まちが》いなくその家から聞こえて来るようだ。

誰《だれ》がこんな所に住んでいるんだろう？

この森も、叔母《おば》の持物なのだ。こんな所に誰《だれ》かが住んでいるなどということを、叔母《おば》は一度も言ったことがない。

でも、確《たし》かに、その家の一隅《いちぐう》は明るい光を溢《あふ》れさせていた。

そしてハープの調べは、その明りの辺りから、洩《も》れて来ている……。

一体誰《だれ》が、こんな所でハープを弾《ひ》いているんだろう？　私《わたし》は夢《ゆめ》でも見ているのではないかと、何度も目をこすったくらいだ。十日間、毎日通った森である。いくらこの道は通らなかったといっても、叔母《おば》以外の誰《だれ》かがここに住んでいるのなら、その気配ぐらいはありそうではないか。

だが、何度目をつぶり、開いてみても同じことだった。そこには花で飾《かざ》られた、いささか舞台装置《ぶたいそうち》風の白い家があり、つつましやかに息をひそめている様子だったのだ。

――こんなことしちゃいられないんだ。

私《わたし》は、もう日が暮《く》れかけていることを思い出して先を急ごうとした。

すると、一旦《いったん》止《や》んでいたハープの音が、また……。その調べは、見えない糸のように私《わたし》の足を絡《から》めとり、先へ進めなくしているかのようだった。

しかし、私《わたし》はそれで苛立《いらだ》ちはしなかった。むしろ、引き止められることに快《こころよ》さを覚え、できることなら、ずっとこの場にたたずんでいたい、とさえ願っていたのだった……。

いけない。帰らなくちゃ。叔母《おば》さんが心配するだろう。

そう思いながら、いつの間にか私《わたし》の足は、その白い家に向って動き始めていた。

足音を忍《しの》ばせて——といっても、グレイフォックスの方にも、足音をたてるな、とは言えない。手綱《たづな》を手近な木の幹《みき》につないで、軽く首筋《くびすじ》を叩《たた》いてやってから、私《わたし》は一人、その家へと近付いて行った……。

明りの点《つ》いているのは、小さな部屋で、音楽室でもあるのだろうか、窓枠《まどわく》で切り取られた限《かぎ》られた風景の中に、古びたピアノが覗《のぞ》いていた。

——どうしよう？　覗《のぞ》いて見たりするのは失礼なことに違《ちが》いない。

でも、私《わたし》の好奇心《こうきしん》はとても抑《おさ》え切れないほどふくらんでいた。――見付かってたとえとがめ立てされたとしても、私《わたし》の方には叔母《おば》の名前を出せば大丈夫《だいじょうぶ》という気持があった。

ともかく、私《わたし》はそっと窓《まど》からその部屋の中を覗《のぞ》いて見たのだ。

――それは、不思議な光景だった。映画《えいが》でも見ているのだろうか、と私《わたし》は思った。いや――不思議といっても、別にハープが勝手に一人で鳴っていた、とか、人間でない生きものが弦《げん》をかき鳴らしていたというのではない。

ハープを弾《ひ》いているのは、いかにもそれにふさわしく見える二十七、八歳《さい》ぐらいの女性《じょせい》で、きれいに鼻筋《はなすじ》の通った横顔が、震《ふる》える弦《げん》を背景《はいけい》に、ほのかな光に照らされて、浮《う》かび上っていた。

そのどこが不思議だったのか、正確《せいかく》には言えない。ただ、その女性《じょせい》の、フワリと広がった服といい、髪型《かみがた》といい、どれもがちょっと古風で、まるで昔の写真から抜《ぬ》け出《だ》して来たように思えたのは確《たし》かだった。

彼女《かのじょ》が奏《かな》でていたのは何という曲なのだろうか？　音楽には一向に詳《くわ》しくない私《わたし》には、聞き憶《おぼ》えさえなかったが、どこかメランコリックな、郷愁《きょうしゅう》をかき立てられるような曲だった。

ふと、その白い指が止ると、女性《じょせい》の目が私《わたし》の方を見た。――けれども、いぶかしげに見たわけではなく、まるで私《わたし》がそこにいることを、前から知っていた、という様子だった。

窓《まど》は少し開いていた。私《わたし》は、逃《に》げ出《だ》すのも却《かえ》っておかしいと思って、

「勝手に聞いて、すみません。乗馬をしていて、通りかかったものですから」

と言った。

「構《かま》わないのよ」

と、その女性《じょせい》は微笑《ほほえ》んで言うと、「お入りなさい。そっちへ回ると、戸があるわ」

と言って、立ち上った。

その立《た》ち居《い》振舞《ふるまい》も、優雅《ゆうが》なものだ。ごく自然で、それでいて上品だった。

私《わたし》は促《うなが》されるままに、庭へ出る戸が少し開いた所まで回って、中へ上り込《こ》んだ。

「――さあ、どうぞ」

小さいけれど快適《かいてき》にしつらえた居間《いま》で、その女性《じょせい》は香《かお》りの高い紅茶《こうちゃ》を出してくれた。

この匂《にお》い……。私《わたし》はどこかで、この紅茶《こうちゃ》を飲んだことがある、と思った。たぶん、ずっと昔に。

でも、いつ、どこでの記憶《きおく》なのか、思い出すことができない。

「すみません」

私《わたし》は、それでもいささか緊張《きんちょう》しながら、かしこまっていた。「お上手ですね、ハープ」

「ありがとう」

と、その女性《じょせい》は自分の分も紅茶《こうちゃ》をカップに注ぎながら、「あなたは岐子《みちこ》さんね」

名前を言われて、びっくりしたが、不思議なことではなかった。この森に住んでいるからには、叔母《おば》の知人に違《ちが》いないし、叔母《おば》から私《わたし》が来ていることも、聞かされていたのだろう。

私《わたし》は、ゆっくりと紅茶《こうちゃ》を飲んで、

「――あの、叔母《おば》から、あなたのことをうかがったこと、ないんですけど」

と、言った。

「そうでしょうね」

「叔母《おば》の……どういうご関係なんですか？」

私《わたし》の質問《しつもん》に、その女性《じょせい》は微笑《ほほえ》んだだけで、答えなかった。――答えたくないのだろうと思って、私《わたし》はそれ以上、訊《き》かないことにした。

「――ごちそうになりました」

と、私《わたし》は紅茶《こうちゃ》を飲み終えて、「行かないと……。暗くなっちゃうと迷《まよ》ってしまいそう」

「大丈夫《だいじょうぶ》よ。まだ明るいわ」

と、その女性《じょせい》は言った。

「でも――」

外へ目をやると、確《たし》かに、さっきここへ入って来た時から、外の明るさは少しも変っていないような気がする。

「一曲、弾《ひ》きましょうか」

と、その女性《じょせい》は言った。

少し迷《まよ》ったが、いえ、結構《けっこう》です、とは言えなかった。

小さな音楽室へ移《うつ》って、その女性《じょせい》はハープを弾《ひ》いてくれた。――さっきとは違《ちが》う曲だが、やはり優《やさ》しくて哀愁《あいしゅう》を帯びた調べが、しばし時を忘《わす》れさせた。

ふっと我《われ》に返って、いけない、と思った。ずいぶん長い時間、ハープに耳を傾《かたむ》けていたような気がする。

「――もう行かないと」

と、唐突《とうとつ》だったが、私《わたし》は立ち上った。

演奏《えんそう》を中断《ちゅうだん》されても、別にいやな顔をするでもなく、その女性《じょせい》は手を止めて、

「そうね、じゃ、気を付けて」

と、立ち上った。

私《わたし》はあの居間《いま》を抜《ぬ》けて庭へ出ると、

「お邪魔《じゃま》しました」

と、頭を下げた。

「いつでも来てね」

と、その女性《じょせい》は言って、「それから、叔母《おば》さんに、私《わたし》のことは話さない方がいいでしょう」

と付け加えた。

「どうしてですか?」

「たぶん、私《わたし》のことはあまり話したくないと思っておられるから」

――私《わたし》はそれ以上、訊《き》かずに失礼することにした。

グレイフォックスは、おとなしく私《わたし》の戻《もど》るのを待っていた。

「ごめんね、待たせて。――さ、早く帰ろうか」

それにしても、まるで夢《ゆめ》の中で見たような、奇妙《きみょう》な出会いだった、と私《わたし》は馬を進めながら思った。

そして、もう一つ不思議だったのは、森を抜《ぬ》けてもまだ辺りが明るかったことだ。おかしなことだった。確《たし》かにさっきは今にも黒い夜の幕《まく》が下りて来るかと思えるほどだったのに。

それとも雨雲でも出たのを、黄昏《たそがれ》と勘違《かんちが》いしたのだろうか？　時計が狂《くる》っていたのか……。

私《わたし》が叔母《おば》の屋敷《やしき》へ戻《もど》り、グレイフォックスをうまやへ入れても、結局まだ辺りは少し明るかった。

屋敷《やしき》の建物へと歩いて行くと、

「――お帰り、岐子さん」

二階の窓《まど》が開いていて、叔母《おば》が手を振《ふ》っている。

「ただいま」

「どうだった、今日は？」

「ええ、楽しかったわ」

と、私《わたし》は答えた。

「お腹《なか》が空《す》いたでしょ？　すぐ仕度《したく》させるから」

そう言って、叔母《おば》は窓《まど》を閉《と》じた。

叔母《おば》は、私《わたし》が馬に乗るのを、別に反対はしない。でも心配はしているのだ。

そうでなければ、こうして毎日、帰る度《たび》に、窓《まど》から私《わたし》のことを見ていたりしないだろうから……。

そう。昨日も、私《わたし》は叔母《おば》と全く同じ会話を、二階の窓《まど》と下とで、交《か》わしていたのだ。

早くシャワーを浴びてすっきりしよう。夕食の時、お腹《なか》がグーグー鳴っても、みっともないというものだから……。

2

「明日ね、お客様がみえるの」

夕食の席で、叔母《おば》は言った。

「そう」

私《わたし》は、パンを取ってちぎった。

珍《めず》しいことだ。叔母《おば》は、あまり人付き合いの多い方ではない。こんな所に一人で住んでいるのを見ても、それは分るだろう。――もちろん、メイドさんは置いているのだけれど。

今日の木戸という男性《だんせい》に続いて、二日も客があるというのは、珍《めず》しいことだったのだ。

「――お代りは？」

と、叔母《おば》は私《わたし》の皿が空になっているのを見て、訊《き》いた。

「もう結構《けっこう》、ごちそうさま」

と言いながら、私《わたし》は残ったパンを全部食べてしまった。

シチューが、おいしくなかったわけじゃない。ただ、昨日も同じシチューだったから……。

大方、量を多く作ってしまったのだろうけれど、二日続けて同じおかず、というのは初めてだった。

「お客って、どなた?」

と、私《わたし》は訊《き》いた。

別に知りたかったわけじゃない。ただ、話の勢《いきお》いで、そう言っていたのだ。

「古い知り合いの方の息子《むすこ》さんなの」

と、叔母《おば》は言った。

私《わたし》は面食らった。

「息子《むすこ》さん……?」

「そう。木戸さんといってね、大学のころから会ってないから、ずいぶん変ったと思うけど。──とても真面目《まじめ》な、いい人なのよ。もちろん今は会社員で──。どうかしたの？」

と、叔母《おば》は私《わたし》の顔を見て、びっくりした様子で、「顔色が良くないわよ」

「別に──何でもないの」

と、私《わたし》は言った。「お客さん、何時ごろみえるの？」

「さあ、午後ってことしか分らないの。あなたもご挨拶《あいさつ》ぐらい、してね」

「うん……。もちろん」

私《わたし》は水をガブ飲みして、「あの──ちょっと頭が痛《いた》いの」

「あら、大変。お医者様を──」

「大丈夫《だいじょうぶ》。早く寝《ね》るから。本当に心配しないで、叔母《おば》さん」

「そう？　でも風邪《かぜ》でも引かれると、あなたのお母さんに叱《しか》られるわ」

「そんな、大したことじゃないの。──じゃ、早目に休むから」

と、私《わたし》は席を立った。

「はいはい。じゃ、明日はゆっくり寝《ね》てらっしゃい」

「ええ。おやすみなさい、叔母《おば》さん」

「おやすみ、岐子さん」

――私《わたし》はダイニングを出て、階段《かいだん》を上りかけた。

ここで働いているメイドさんの一人が階段《かいだん》を下りて来たので、コーヒーを部屋へ持って来てくれ、と頼《たの》んでおく。

二階の、私《わたし》が使っている部屋へ入ると、私《わたし》は、ベッドに横になって、じっと目を閉《と》じていた。

――ショックだった。

叔母《おば》が、昨日の夕食の席で言ったのと全く同じことを言い出したのを聞いて、耳を疑《うたが》った。「古い友だちの息子《むすこ》」で、「木戸さん」という姓《せい》の人が別にいるとでもいうのならともかく、あの叔母《おば》の話し方では「同じ人間」のことに間違《まちが》いない。

叔母《おば》は、今日の午後に訪《たず》ねて来た男のことを、話していたのだ。明日やって来る、と言って——。

一体叔母《おば》はどうしてしまったんだろう？　何かの病気だろうか。

ぼける、という年齢《ねんれい》ではないのに。——でも、あの話は、それこそ……。

私《わたし》がショックを受けたのも当然と言っていいだろう。


私《わたし》はその夜、なかなか寝《ね》つけなかった。叔母《おば》のことが心配だったのだ。

前にも書いた通り、夫に死に別れ、子供《こども》もない叔母《おば》にとって、身寄《みよ》りと言えるのは、母と私《わたし》の二人ぐらいである。母が叔母《おば》のことを気にかけているのは、未亡人《みぼうじん》同士（私《わたし》の父は、私《わたし》が十歳《さい》の時に亡《な》くなっている）ということもあったろうし、また、いくらか体の弱い、内気な叔母《おば》は、仕事を持って、男顔負けの勢《いきお》いで働いている母の目には、何とも頼《たよ》りない存在《そんざい》に映《うつ》ったのに違《ちが》いない。

もし、このまま……。いや、考えたくもないことだが、叔母《おば》があんな状態《じょうたい》のまま、もっとひどくなって行くようだったら、どうするのだろう？

私《わたし》は、あれが一時的なものだと信じたかった。ただ、疲《つか》れのせいで混乱《こんらん》しただけなのだ、と……。

明日になれば、きっとケロッとして、いつもの叔母《おば》に戻《もど》っている。きっと、きっと……。

私《わたし》は、ベッドの中で、無理に眠《ねむ》ろうとして目を閉《と》じた。風が鳴っている。ゆうべも、ずいぶん風がひどいようだった。

今日はもう風もやんでいたようなのに、夜に入ってまた強くなったのだろうか。

その風の声が、不思議に眠《ねむ》りを誘《さそ》ったのか、夜中の二時ごろまで時計に目をやっていた私《わたし》は、いつか眠《ねむ》りに落ちて行った……。


「岐子さん」

と、叔母《おば》が言った。「ちょっと来てくれる？」

「はい」

私《わたし》は、居間《いま》へ入って行った。「何かご用?」

——午後になっていた。

叔母《おば》は、いつもの通り、それほど活力に溢《あふ》れているというわけではないにしても、元気で、快活《かいかつ》そうに見えた。

朝から、叔母《おば》は「午後の来客」のことを口に出さなかった。私《わたし》は内心ホッとしていた。やっぱり昨日は叔母《おば》さん、どうかしていたんだわ。でも、もうすっかり忘《わす》れてしまっているようだ。

私《わたし》の方から何も言うことはない。——いつもの乗馬の時間になったので、私《わたし》は乗馬服を身につけて、うまやに行こうとしているところだった。

「昨日お話ししたでしょ」

と、叔母《おば》は微笑《ほほえ》んで言った。「お客様なの。悪いけど、みえるまで待っていてくれない?」

私《わたし》は、一瞬《いっしゅん》言葉を失った。——叔母《おば》は元に戻《もど》っていなかったのだ!

「叔母《おば》さん……」

「もうみえてる時間なの。あなたがいつも馬に乗ることもお話ししてあるのよ。でも、少し遅《おく》れているようね。もうみえると思うから、待っててちょうだい」

私《わたし》は、叔母《おば》にどう言ったものか、迷《まよ》った。——叔母《おば》さん、その人はね、もう昨日みえたのよ。今日はやって来ないのよ……。

でも、そんなことを聞けば、叔母《おば》にとってどんなに大きなショックだろうか。——とても、私《わたし》にはできない。

「ね、ご挨拶《あいさつ》だけでも……。いいでしょ？」

叔母《おば》は、私《わたし》に向って、手を合わせんばかりにして言った。——私《わたし》は、ソファに腰《こし》をおろした。

他にどうすることができただろう？

「本当に遅《おそ》いわね……。どうしたのかしら」

叔母《おば》はそわそわと落ちつかない。昨日の叔母《おば》も、この通りだった。

私《わたし》は胸《むね》を抉《えぐ》られるような思いで座《すわ》っていた。

――このまま、あの木戸という男がやって来なかったら、叔母《おば》はどうするだろう？

自分が勘違《かんちが》いしていたことに気付くか。それとも、あくまでも、「木戸が来なかった」と思《おも》い込《こ》むのか。

「――困《こま》ったわねえ」

と、叔母《おば》は、動物園の熊《くま》みたいに、居間《いま》の中を歩き回っている。

見ている私《わたし》の方が、やり切れなくなって来た。話してあげるべきなのだろうか？

それとも……。

「電話してみようかしら」

と、叔母《おば》が電話の方へと行きかけるのを見て、私《わたし》は思わず腰《こし》を浮《う》かしていた。

「叔母《おば》さん――」

と呼《よ》びかける。

するとそこへ、ドアが開いて、

「奥様《おくさま》」

と、メイドさんが顔を出した。「お客様がおみえです」

「まあ、良かった！　やっとね！」

叔母《おば》はホッとした様子で息をついて、「じゃ、すぐにお通しして」

「はい」

メイドさんが姿《すがた》を消す。――私《わたし》は、ちょっとの間、唖然《あぜん》として立っていた。

こんなにうまい具合に客が来るなんてことがあるかしら？　でも――ここへ入って来れば、それが叔母《おば》の待っていた人でないことは、分ってしまうのだ。

どっちにしても、叔母《おば》にとっては気の毒なことになるに違《ちが》いなかった……。

スリッパの音が近付いて来て、叔母《おば》は迎《むか》えるべく、居間《いま》の入口の方へと進んで行った。一体誰《だれ》がやって来たのだろう？

「――まあ、心配してたんですよ、遅《おそ》いから！」

「申《もう》し訳《わけ》ありません」

と、木戸は、頬《ほお》を紅潮《こうちょう》させていた。「道に迷《まよ》っちゃって」

「そうね。ここへ来るのは、久《ひさ》しぶりですものね」

私《わたし》は、自分の方が混乱《こんらん》しているのを感じた。

この会話は——昨日、叔母《おば》と木戸の交《か》わしたのとそっくりだ。

昨日は、あまりよく聞いていなかったのだが、今、目の前でくり返されて、思い出した。

昨日も、木戸は大分遅《おく》れてやって来たのである。しかし、「道に迷《まよ》った」というのは妙《みょう》だ。昨日来たばかりなのに。

「いや、僕《ぼく》は方向音痴《おんち》だから、昔から」

と、木戸が照れたように笑う。

「さ、ともかく楽にして」

と、叔母《おば》が、木戸を促《うなが》して、「——あ、こちら、姪《めい》なの。岐子さんよ。木戸さんというの。私《わたし》の古いお友だちの息子《むすこ》さん」

「ええ」

と、私《わたし》は少し素気《そっけ》なく言った。

木戸が、私《わたし》のことを見て、

「昨日会ったばかりですよ」

とでも言い出したら、叔母《おば》がどう思うか、気が気ではなかった。

しかし、木戸は昨日のように、いささか固苦しい感じで、

「木戸です」

と、私《わたし》に向ってちょっと頭を下げたのである。

そして、ご丁寧《ていねい》に、

「初めまして」

と付け加えたのだ。

何を言ってるの？——私《わたし》は呆《あき》れてしまった。昨日会って、散々退屈《たいくつ》な話を聞かされたばかりじゃないの。

「どうも……」

私《わたし》の方も、まさか思っている通りを口に出すわけにはいかないので、口ごもりながら、頭を下げたのだった。

「さあ、ともかくお茶とお菓子《かし》でもね。岐子さん、そちらに座《すわ》って」

「ええ……」

私《わたし》は、何となく木戸と斜《なな》めに向い合って、話をしなきゃいけない雰囲気《ふんいき》になっていた。――これも昨日の通りだ。

私《わたし》は当惑《とうわく》し、混乱《こんらん》していた。木戸までが、なぜ私《わたし》と初めて会ったようなことを言うんだろう？

「この子のことは、お話ししたわね」

と、叔母《おば》が言った。

「いや、若《わか》くて結構《けっこう》ですね」

と、木戸は、出された紅茶《こうちゃ》を飲みながら、「僕《ぼく》も、こんなに若《わか》いころがあったんだなあ……」

「何を言ってるの。あなただって、まだ若《わか》いじゃないの」

「いや、そんなことないですよ。このところすぐ疲《つか》れちゃって……」

――私《わたし》は、ただ呆然《ぼうぜん》として、叔母《おば》と木戸の話を聞いていた。

二人の会話は、まるでビデオテープで再生《さいせい》でもしているかのように、昨日とそっくり同じだったのだ。

こんなことがあるのだろうか？

「あの――ちょっと失礼します」

私《わたし》は、立って居間《いま》を出た。

一人になりたかったのだ。――とんでもない考えが、私《わたし》の頭に浮《う》かんでいた。

もちろん、そんなことはありえない！　お話の中でならともかく、現実《げんじつ》にそんなことが起るわけはない！

これは何かの間違《まちが》いなんだわ。――そう。それに決っている。

今日は十一日目だ。ここへ来てから十一日目。間違《まちが》いない。

「──あの」

と、私《わたし》は、台所へ入って行くと、料理の用意をしているメイドさんに声をかけた。

「何か?」

「いえ……。今日、何日だったかしら? 休みだと、つい忘《わす》れちゃって」

と、私《わたし》は言った。

「今日ですか?」

カレンダーの方を見て、そのメイドさんは答えた。──ためらいもなく、答えたのだ。

3

グレイフォックスの足並《あしな》みが乱《みだ》れた。

私《わたし》はハッとして、手綱《たづな》を引いた。──走らせ過《す》ぎていたのだ。つい、我《われ》を忘《わす》れて、駆《か》けさせていた。

足を止めたグレイフォックスは、少し喘《あえ》ぐように息をしていた。

「ごめん。——ごめんね」

と、私《わたし》はグレイフォックスの首を叩《たた》いてやった。

私《わたし》は、逃《に》げ出《だ》したかったのだ。怖《こわ》かったのである。

叔母《おば》と木戸との会話から、一歩でも遠く、一秒でも早く、逃《に》げたかった……。

しかし、もちろん自分の中の混乱《こんらん》から逃《に》げることはできなかった。

これは一体どういうことなのだろう？　昨日の出来事が夢《ゆめ》だったのか。それとも、「今」が夢《ゆめ》の中なのか。

信じられないことだったが、今日は私《わたし》が叔母《おば》の所へ来て十日目だった。メイドさんの話だけではなく、新聞やＴＶも間違《まちが》いなくそのことを裏付《うらづ》けていた。

そして、私《わたし》は確《たし》かめたのだ。——あの、夜のおかずのシチューを、二日続けて出してはいない、ということを。

——分らない。一体何が起ったのか？

私《わたし》は、森の中へと、グレイフォックスを進めて行った。

どう考えても……馬鹿《ばか》げた話としか思えないが、私《わたし》は同じ日を二度過《すご》したことになる。

どの時点で？

おそらく――私《わたし》が森から戻《もど》って、屋敷《やしき》の二階の窓《まど》の所にいた叔母《おば》と言葉を交《か》わした時には、もう前の日に戻《もど》っていたのに違《ちが》いない。おかげで、私《わたし》は同じシチューを食べ、あの木戸の退屈《たいくつ》な話を二度も聞くはめになってしまった。

もちろん、世の中には奇妙《きみょう》なことがいくらもあって、科学的に説明のつかないことも、珍《めずら》しくない。

私《わたし》も、そういう出来事を頭から馬鹿《ばか》げていると決めつけるほど、石頭ではないつもりである。しかし、他人が経験《けいけん》したことを、「へえ」と面白《おもしろ》がるのと、自分の身にそれが起るのでは大違《おおちが》いだ。

私《わたし》が混乱《こんらん》し、逃《に》げ出《だ》したくなったのも、無理はないと分っていただけるだろう。

森の中を進んで行くと、少し暮《く》れかかって来た。叔母《おば》と木戸を残して出て来た時間は同じでも、途中《とちゅう》、グレイフォックスを思い切り走らせて来たので、昨日（と呼《よ》んでいいのかどうか）よりも早く森へ入っていた。

たぶん、今日は近道をしなくても、暗くなってしまうことはないだろう。

近道？――私《わたし》はハッとした。

グレイフォックスが足を止めたのは、昨日私《わたし》があの不思議なハープを弾《ひ》く女性《じょせい》に出《で》会《あ》った、小さな家へと続く細い道の入口だった。

あの家。あの女性《じょせい》。

あの家を出たとき、もう私《わたし》は時を一日、さかのぼっていたのではなかったか。――

思ったより、外が明るかったことを、思い出した。

もし、そうだとしたら、あの家で過《す》ごした時間が、この奇妙《きみょう》な出来事の鍵《かぎ》なのかもしれない。

そう。もう二度と、あんなことには係《かかわ》り合わないで……。

私《わたし》は手綱《たづな》を握《にぎ》りしめた。

「——待っていたのよ」

と、その女性《じょせい》は言って、私《わたし》の前に紅茶《こうちゃ》を置いた。

「私《わたし》が来ると、分ってたんですか?」

と、私《わたし》は訊《き》いた。

「分っていたわけじゃないけど……。ここを通ったら、きっとまた寄《よ》ってくれるだろうと思ったの。——さあ、ゆっくりしてちょうだい」

居間《いま》は昨日と同様、快適《かいてき》だった。いつまででもいられそうだ。昨日と同様?——いやあれは昨日なのか、それとも今日なのか。

少なくとも、この小さな家の中では、一日が過《す》ぎているようだ。

「あなたはどういう方なんですか」

と、私《わたし》は言った。「こんなこと、うかがって、失礼かもしれませんけど」

「私《わたし》?——私《わたし》はあなたの叔母《おば》さんの知り合いよ」

と、その女性《じょせい》は言った。

「それはうかがいました。でも――」

私《わたし》は言いかけて、ふと言葉を切った。

この人に会ったことがある、と思った。どこで、いつ？

私《わたし》には分らなかった。しかし、確《たし》かに、この人は、私《わたし》の思い出の中で、誰《だれ》かと重なり合っていたのだ。

この紅茶《こうちゃ》の香《かお》りも、なぜか懐《なつ》かしい。――私《わたし》は、少し苛立《いらだ》っていた。思い出せない自分に、苛立《いらだ》っていた。

「男の人と会ったでしょう」

と、その女性《じょせい》が言った。

「え？」

私《わたし》は面食らった。「ええ……。叔母《おば》さんのお友だちの息子《むすこ》さんとか」

「そう、どんな人だった？」

まさか、そんなことを訊《き》かれるとは思わなかったので、私《わたし》は少し迷《まよ》った。

「でも、どうして私《わたし》が男の人と会うことをご存知《ぞんじ》だったんですか?」

「それは――」

と、その女性《じょせい》はためらって、「叔母《おば》さんから、ちょっと小耳に挟《はさ》んでいたものだから」

本当だろうか? いや、この女性《じょせい》には何もかも分っているのかもしれない。過《す》ぎ去《さ》った日のことも、これからやって来る日のことも……。

「退屈《たいくつ》な人でした」

私《わたし》は正直に言った。「三十代の……半ばぐらいかな。もう少し若《わか》いのかもしれませんん。でも、ちょっと年寄《としよ》りじみた感じで、話も面白《おもしろ》くないし、早々に逃《に》げて来たんです」

「あらあら」

と、その女性《じょせい》は笑った。「確《たし》かに、あなたみたいな若《わか》い子が、会って楽しくなるようなタイプではないみたいね」

「でも分りません。どうして叔母《おば》があの人を招《よ》んだのか」

そう言いながら、初めて私《わたし》はその点に気付いたのだ。つまり、木戸は何をしに来たのかという点に。

「叔母《おば》が話し相手にするというのなら分りますけど、何だか私《わたし》と話させたがってるみたいなんです」

「でも、お話にならないわけね」

「本当にそうです」

と、私《わたし》は少し愉快《ゆかい》な気分になって、「お話にならないったら。——てんで受け答えがトンチンカンなんです。ずれてる、っていうのかな。一生懸命《いっしょうけんめい》に合わせようとしてるみたいなんだけど……」

そうか。そうなんだ。

木戸の話が私《わたし》を退屈《たいくつ》させたのは、実は木戸が私《わたし》を退屈《たいくつ》させまいと一生懸命《いっしょうけんめい》だったからなのだ。そのことにも、私《わたし》は今初めて気付いた。

面白《おもしろ》いもので、他人に話を聞かせることによって、人は自分の経験《けいけん》したことの意味を理解《りかい》したりするものなのだ。見ていたけど気付かなかったものに気付いたり、忘《わす》れていたことを思い出したり……。

私《わたし》は、初めて木戸の顔を思い出していた。——昨日は、正直なところ木戸の顔などすっかり忘《わす》れてしまっていたのだ。

でも二日間、同じ話を二度も聞かされていれば、いやでも顔を憶《おぼ》えるというものである。

「年齢《ねんれい》が離《はな》れているものね」

と、その女性《じょせい》が肯《うなず》いて言った。

「ええ。無理に合わせようとかしないで、自分の話したいことを話せばいいのにと思うんだけど。でも、どっちにしても、退屈《たいくつ》したでしょうね」

と、私《わたし》は言って、「でも……どうして、本当にあの人、叔母《おば》の所を訪《たず》ねて来たんでしょう？」

その女性《じょせい》は黙《だま》っていたが、何となく、もの言いたげな表情《ひょうじょう》で、私《わたし》を見ている。

「――何かご存知《ぞんじ》なんですか」

と、私《わたし》は言った。「叔母《おば》から聞いてるんですか?」

「はっきりとはね」

と、曖昧《あいまい》に言って、「ただ――何となく……」

「何となく?――どう言ったんですか」

本当にこの人は何か知っているんだろうか?

私《わたし》は、じっと、その女性《じょせい》が何か話してくれるのを待っていた。

すると、その女性《じょせい》はティーカップを空にして、テーブルに置くと、

「何か弾《ひ》きましょうか」

と、立ち上った。

重ねて訊《き》くのも、失礼な気がしたし、それにいくらかは怖《こわ》くもあった。なぜなのか、よく分らなかったが。

音楽室へ入ると、私《わたし》の方を振《ふ》り向《む》いて、

「あなたも、何か弾《ひ》く？」

「ハープなんて、触《さわ》ったことも……」

「ピアノよ。古いけど、いい音が出るわ」

確《たし》かに、時代物のアップライトピアノである。表面には彫刻《ちょうこく》や彩色《さいしき》が施《ほどこ》されて、鍵《けん》盤《ばん》に向って座《すわ》ると、正面に上品な色づかいの、バラの絵が描《えが》いてあった。

「ピアノなんて、ずいぶん弾《ひ》いてないなあ」

と、私《わたし》は少し照れて言った。

「弾《ひ》いてみれば思い出すわよ」

その女性《じょせい》に言われると、何だかそんな気がして来る。

「じゃあ……」

おずおずと指を鍵《けん》の上にのせる……。

つっかえながら、それでも曲名も憶《おぼ》えていないメロディが、私《わたし》の指の下から生れて来る。――それは思いがけず楽しい経験《けいけん》だった。

やがて、ハープの調べが、私《わたし》のピアノの音に絡《から》んで来た。その華《はな》やかな音は、まるで私《わたし》の指にさした潤滑油《じゅんかつゆ》のようで、いつしか私《わたし》はピアノとハープの二重奏《にじゅうそう》を楽しむようになっていたのだ……。

――やがて、ふっと我《われ》に返った。

「大変。ずいぶん長くお邪魔《じゃま》しちゃった」

と、急いで言った。

「大丈夫《だいじょうぶ》。まだそんなにたっていないわ」

確《たし》かに、窓《まど》の外はまだ少し明るかった。ちょうど昨日、ここを出た時と同じように……。

「――時間が止ったみたい」

と、私《わたし》は言ってみた。

しかし、相手は別に何の反応《はんのう》も示《しめ》さず、

「時間と言うのは、主観的なものよ」

と、謎《なぞ》めいたことを言っただけだった。

「——失礼しますわ」

「そう。また来て下さいね」

「ええ……」

私《わたし》は、立ち去ろうとして、ふと振《ふ》り向《む》くと、「あの木戸っていう人、また来るんでしょうか」

と訊《き》いていた。

「ええ。たぶん」

その女性《じょせい》は肯《うなず》いて、言った。「あなたとその人を、結婚《けっこん》させたいのよ、叔母《おば》さんは」

グレイフォックスは、いつもの通りに、穏《おだ》やかな足取りで進んで行った。

少し風が出ていた。——私《わたし》には予感があった。

おそらく……。そう、私《わたし》は、自分を待っている光景を想像《そうぞう》することができた。怖《こわ》いような、それでいて、どこか胸《むね》をワクワクさせる何かが、その予感の中には、秘《ひ》められていた……。

——グレイフォックスをうまやへ入れると、私《わたし》は歩き出した。

さあ、もう少しだ。もう少し屋敷《やしき》へ近付いた辺りだ。そう、あと二、三歩か。

「——お帰り、岐子さん」

二階の窓《まど》から、叔母《おば》が手を振《ふ》っている。

「ただいま」

と、私《わたし》は答えた。

「どうだった、今日は？」

「ええ、楽しかったわ」

「お腹《なか》が空《す》いたでしょ？　すぐ仕度《したく》させるから」

そう言って、叔母《おば》は窓《まど》を閉《と》じた。

昨日の通り——いや、私《わたし》はこの場面を、三回も経験《けいけん》したのだ。

屋敷《やしき》へ入って行く私《わたし》は、気が重かった。今夜もあのシチューを食べさせられるのかと思うと……。

そして、私《わたし》の耳には、叔母《おば》の言葉が、もう聞こえて来るようだった。

明日ね、お客様がみえるの。——木戸さんといってね……。

呼出《よびだ》し音が五回も続いて、一向に受話器の上る気配がないと、心配になって来る。もちろん、大して心配する理由はない。むしろ母は私《わたし》よりよほど元気だし、忙《いそが》しく駆《か》け回《まわ》っているのだから。

母の方から電話がかかって来るかと思っていたのだが、ここへ来てから一度もかかって来ない。十日間に一度も。

私《わたし》は、夜になって、叔母《おば》が休んでしまってから、そっと起き出して、電話をかけることにした。

昨日をくり返しているとしても、これだけは昨日と違《ちが》っているはずだ。

「――もしもし」

と、母の眠《ねむ》そうな声がした。「どなた？」

「私《わたし》よ」

「え？」

と、キョトンとした様子で、「ああ。――岐子なの」

「声も忘《わす》れちゃったの？」

と、少々いやみを言ってやる。

「何言ってるの。何時だと思ってるのよ」

と、母はむくれているらしい。

「寝《ね》てたの、もう？」

「そうよ。そっちみたいに、優雅《ゆうが》な暮《くら》しをしてるわけじゃないんですからね」

母はもともと口が悪い。「どうかしたの？」

「別に」

と、私《わたし》は言ってやった。「大したことじゃないんだけど」

「だったら明日にしてよ。今日は忙《いそが》しかったのよ」

「あら、ごめんなさい。でも娘《むすめ》の一生にかかわることなんだけどな」

少し間があって、

「——何なの、一体？」

母の口調は真剣《しんけん》になっていた。

「何の話？」

「聞きたいの。どういうことだか」

「とぼけないで。知ってるんでしょ、そっちも。木戸って人のこと」

母は少しの間、黙《だま》っていた。

「——あなた、聞いたの？」

「叔母《おば》さんからじゃないわよ」

「じゃ、誰《だれ》から？」

「いいでしょ、誰《だれ》だって」

と、私《わたし》は言った。「お母さんが秘密《ひみつ》にしてたんだから、私《わたし》の方も秘密《ひみつ》にする権利《けんり》、あると思うけどな」

母の様子からすると、あのハープを弾《ひ》く女性《じょせい》の話は本当らしかった。――もちろん、叔母《おば》には何も言っていない。

「そうね……。でも、岐子、そう怒《おこ》らないで。別にお見合い、ってわけじゃないの。ただ、会わせてみたかっただけなのよ」

「それにしたって！」

と、私《わたし》はムッとして、「いくつだと思ってるのよ、私《わたし》のこと」

「自分の娘《むすめ》の年齢《ねんれい》くらい知ってるわよ」

「怪《あや》しいもんだわ。あんな三十いくつの人を――。あんな退屈《たいくつ》な人、ごめんよ」

と、切り口上で言うと、

「岐子……。もう会ったの？　明日だって聞いてたけど」

私《わたし》はハッとした。そうだ！　今日はまだ前日なんだ。

何しろこっちは二回も会っている。ついそのつもりでしゃべってしまったのである。

「あの――会ってなくたって分るわよ。そんなに年齢《ねんれい》が違《ちが》って……」

かなり無理な理屈《りくつ》ではあった。

「ね、岐子。ともかく会ってみてよ。――私《わたし》も会ったことがあるの。まあ……確《たし》かにね、あんまり見栄《みば》えのいい人じゃないし、口下手だわ。でも、とてもいい人なのよ。人間、心の暖《あたた》かい人が一番なんだから」

私《わたし》はともかく苛立《いらだ》ち、腹《はら》が立っていた。

「じゃ、お母さんが結婚《けっこん》すれば？　私《わたし》、いやよ」

母がため息をつくのが聞こえて来た。

「――分ったわ。でも、叔母《おば》さんのお客さんとしてみえるのよ。失礼なことだけはしないでね」

私《わたし》は、それには答えず、

「どうして、男の人と会わせたいなんて考えたの？　私《わたし》、大学一年よ」

「そうね。――でも、あなたも、大学の中とか、会社へ入ったりして、色々男の人を見るでしょうけど、あんな人はめったにいないの。年齢《ねんれい》は離《はな》れてるし、あなたは若《わか》いから、急ぐこともないんだけど、木戸さんのことをもし気に入って、何年か先まで待ってもらえるのなら、悪くないかもしれないな、と思ったのよ」

「気に入るっていっても……。あっちが気に入るかどうかも分らないでしょ」

と、私《わたし》は言ってやった。

「まあ、それはそうね」

と、母は苦笑《くしょう》しているようだった。「ともかく……そういうことよ」

「分ったわ。でも期待はしないでね」

ポンポン言ってやって、電話を切る。少しも胸《むね》はすっきりしなかった。

いや、むしろ、ますます苛々《いらいら》がつのっていたのだ。――たぶん、母の気持も分りながら、それでいて、つい、きつい言葉を投げつけてしまった自分が、少々後ろめたかったのでもあろう。

頑張《がんば》って働きながら、私《わたし》を育てて来た母の気持も、分らないではなかった。しかし、何といっても、あまりに突然《とつぜん》のことだったのだ。

――私《わたし》は、重苦しい気分で、二階の部屋へ戻《もど》った。また明日、木戸のあの退屈《たいくつ》な話を聞くのかと思うと……。

三回も！

4

「木戸です」

と、その男は私《わたし》に向って、ちょっと頭を下げた。「初めまして」

「どうも……」

私《わたし》はそう言ってから、叔母《おば》の方を見た。次は叔母《おば》が口を開く番だ。

「さあ、ともかくお茶とお菓子《かし》でもね。岐子さん、そちらに座《すわ》って」

――私《わたし》は、昨日と同じように、木戸と斜《なな》めに向い合う格好《かっこう》で座《すわ》った。

しかし、私《わたし》の心の中は、昨日や一昨日と同様というわけにはいかない。

ただぼんやりと、木戸の退屈《たいくつ》な話を聞き流してはいられなかった。

私《わたし》は、無性《むしょう》に腹《はら》が立ち、苛立《いらだ》っていた。

こんな男を私《わたし》に会わせようとした母や叔母《おば》にも腹《はら》が立っていたのだが、おそらく、その憤《いきどお》りは、私《わたし》の気持を無視《むし》して、母と叔母《おば》がこんなことをしたという、そのこと
――裏切《うらぎ》られた、という思いのせいだったかもしれない。

三度目の初対面という、奇妙《きみょう》な経験《けいけん》をした後、木戸と叔母《おば》は、当りさわりのない、つまらない話を続けていたが、私《わたし》の苛立《いらだ》ちは、態度《たいど》や顔に出ずにはいなかったようだ。

木戸が言葉を切った。これは昨日や一昨日の「この場面」にはないことだった。

「いや、どうも退屈《たいくつ》させちゃってるようです。岐子さんを」

と木戸は言った。

「あら、そんなこと――」

叔母《おば》は少し戸惑《とまど》った様子で、「お客様に慣《な》れてないだけなのよ。ねえ、岐子さん」

私《わたし》は、何かが激《はげ》しく自分の奥《おく》からこみ上げて来て、とても堪《た》えられなかった。パッと立ち上ると、

「ええ、もの凄《すご》く退屈《たいくつ》です！」

と、叩《たた》きつけるように言っていた。「こんな退屈《たいくつ》なお話、聞いたこともないわ」

叔母《おば》は、おろおろして、

「岐子さん……。お客様に――」

「はっきり申し上げておきますけど」

と、私《わたし》は木戸に向って言った。「私《わたし》、たとえ世の中にあなたしか男がいなくなっても、あなたみたいな人とは結婚《けっこん》しません！」

叔母《おば》は呆然《ぼうぜん》としている。私《わたし》は、

「乗馬の時間なんです」

と言うと、さっさと居間《いま》を出た。

そして、出がけにふと思い付いて、

「馬の方がずっとまし。黙《だま》ってる分だけね」

と、最後の一言を木戸に向って投げつけてやった――。

気が付くと、私《わたし》は、グレイフォックスを夢中《むちゅう》で走らせていた。いつものコースを外れて、叔母《おば》の敷地《しきち》から飛び出し、どこへ続いているのかも知らない道を、走らせていたのだ。

手綱《たづな》を引いて、グレイフォックスを止めたのは、どれくらい走ってからだったろうか……。

もう、辺りはほの暗くなっていた。グレイフォックスが荒《あら》く息をしている。

「ごめんね……」

私《わたし》は、グレイフォックスの首筋《くびすじ》を、優《やさ》しくなでてやった。

どこへ来たんだろう？――周囲を見回すと、森がずっと広がっていて、人家らしいものは見当らない。

もう、じきに夜になりそうだった。私《わたし》は手綱《たづな》を引いて、馬首をめぐらせ、今来た道を戻《もど》り始めた。

重苦しく、いやな気分だった。一時の激《はげ》しい感情《かんじょう》の昂揚《こうよう》がおさまってみると、自分のしたことで、あの優《やさ》しい叔母《おば》がどれほど傷《きず》ついたか、当然のことながら、心配になる。

でも――仕方ないんだ。

私《わたし》は、いささか強がっていた。自分の方にだって、確《たし》かに非《ひ》はあるかもしれないが、もともとは叔母《おば》と母の方が悪いんだから。

「そうよ。何も謝《あやま》る必要なんかない」

と、口に出して言った。

自分に向って、言い聞かせている、というところだろうか。

後ろめたい思いはもちろんあった。

もし、これで叔母《おば》が腹《はら》を立てたら、明日にでも家へ帰ろう、と思った。ここでの日々が短く終ってしまうのは残念だけれど、仕方がない。

夜になりつつあった。一秒ごとに、暗さを増《ま》して行く。――このままだと、どっち へ向って走ればいいのかも、分らなくなりそうだ。

私《わたし》は、グレイフォックスへ、

「悪いけど、もう一走りね。――それ！」

と、声をかけた。

グレイフォックスが並足《なみあし》から徐々《じょじょ》に速度を上げる。私《わたし》は、森を抜《ぬ》けずに、外側を回っ て行こうと思った。

森の中で真暗になったら、それこそ方向も分らなくなる。むしろ、遠回りでも、こ の道を辿《たど》った方が……。

道が大きくカーブしていた。

全く気付かなかったのは、不思議だった。ともかく――ハッと気付いた時には、目 の前に車のライトが近付いていていたのだ。

グレイフォックスが高々と前脚《まえあし》を上げ、私《わたし》は道へ投げ出された。

したたか腰《こし》を打って、アッと声を上げたとき、ガチャン、と何かが激《はげ》しくぶつかる音がした。

何の音なのか、確《たし》かめるために起き上ろうとしても、とても無理だった。しばらくは、上体を少し起しているのがやっとだったのだ。

――どれくらい時間がたったろう。

グレイフォックスが、私《わたし》の方へ近付いて来た。――私《わたし》は、手綱《たづな》をつかむと、それにつかまるようにして、やっと立ち上った。

「ひどいことになったわね……。痛《いた》い!」

歩くのもままならない。私《わたし》は、しばらく立ったままグレイフォックスにもたれていた。

そして――目を開けると、車が見えた。

もうすっかり暗くなっていたが、ライトが点《つ》いたままになっているので、見分けられたのである。

車は木立ちに衝突《しょうとつ》していた。ガラスが砕《くだ》け散《ち》り、車の前の方は大きくへこんでいる。

それでいて、ちゃんとライトが点《つ》いているというのは、奇妙《きみょう》な光景だった。

——誰《だれ》の車だろう？

私《わたし》は、ゆっくりと歩いてみた。腰《こし》に痛《いた》みが来るが、何とか歩ける。

恐《おそ》る恐《おそ》る近付いて、私《わたし》は車の中を覗《のぞ》き込《こ》んでみた。

誰《だれ》かが、ハンドルに片手《かたて》をかけたまま、横になっている。——もちろん知らない人だ。

知らない人……。

私《わたし》は息をのんだ。——木戸ではないか。

間違《まちが》いなかった。木戸の車だったのだ。

「木戸さん」

と、私《わたし》は呼《よ》んでみた。「木戸さん。——大丈夫《だいじょうぶ》ですか？」

木戸は返事をしなかった。手を伸《の》ばして、体に手をかけようと思ったが、ガラスの破片《はへん》がいくつも散らばっていて、出した手を、つい引《ひ》っ込《こ》めてしまう。

「木戸さん。――木戸さん」

全く、反応《はんのう》がない。仕方なく、私《わたし》はこわごわ手を伸《の》ばして、木戸の体を軽く揺《ゆ》さぶった。

「ねえ、木戸さん。――しっかりして」

手がヌルッと滑《すべ》った。ハッとして手を見ると、指先についているのは、間違《まちが》いなく、血である。

――まさか、いくら何でも、そんなこと、あるはずがない！

私《わたし》は、もう一度手を伸《の》ばして、木戸の、ハンドルにかけたままの手首をそっとつかんだのだ……。


「岐子さんなの？」

叔母《おば》の声がした。

返事をしないわけにもいかない。

「ええ」

と、答えると、叔母《おば》が廊下《ろうか》をやって来た。

「まあ、良かった！　どこへ行っちゃったのかと思って……。真暗になっても戻《もど》って来ないから、心配してたのよ」

「少し……遠くまで行ってたの」

私《わたし》は、叔母《おば》と目を合わせられなくて、そのまま行ってしまおうとした。

「お腹《なか》が空《す》いたでしょう。いつでも食べられるわよ。早く着がえてらっしゃい」

叔母《おば》が、そう声をかけて来た。

やめて！　やめて！

私《わたし》は階段《かいだん》を駆《か》け上った。——どうしていつもの通りなの？　どうしてそんな口がきけるのよ！

——私《わたし》はシャワーを浴びながら、泣いた。

いや、涙《なみだ》が出ていたのかどうか、自分でもよく分らない。シャワーの流れの中に、いずれにせよ、涙《なみだ》は紛《まぎ》れて行ったはずだ。

木戸は……。木戸のことを、叔母《おば》に言うべきだったろう。しかし、言ったところで、どうにもならないのだ。

木戸は、死んでいたのだから。

——私《わたし》がダイニングへ入って行くと、叔母《おば》もテーブルについて待っていた。

「食べてなかったの？」

と、私《わたし》は訊《き》いた。

「ええ、そんなにお腹《なか》も空《す》いていなかったのよ」

と、叔母《おば》は言ったが、それは本当ではなかったろう。

私《わたし》のことが心配で、食べる気になれなかったのだ。

私《わたし》はテーブルについて、黙《だま》って食事をした。今夜は、シチューは出ていなかった。

「——あんまり食欲《しょくよく》がないのね」

と、叔母《おば》は言った。

「そんなことない」

と、私《わたし》は言った。「叔母《おば》さん――」

「あの後でね」

と、叔母《おば》は言った。「木戸さんとお話ししたわ」

「私《わたし》のことを?」

「あなたが怒《おこ》るのも当然だ、って木戸さん、言っていたわ。まだ若《わか》いのに、将来《しょうらい》を決めるようなことを、しかも当人に知らせないで……。何も気にしないように、あなたに伝えてくれって」

叔母《おば》は、決して脚色《きゃくしょく》して伝えているわけではないだろう。そんなことのできる人ではないのである。

「――あんなことをして、ごめんなさい」

と、私《わたし》は目を伏《ふ》せて言った。「自分でもよく分らないの、どうしてあんなことをしたのか」

「そうね」

と、叔母《おば》は穏《おだ》やかに微笑《ほほえ》んだ。「確《たし》かに、お客様に対しては、少し問題のある態度《たいど》だったわね」

「叔母《おば》さんに、こんなにお世話になってるのに……」

「それはそれ、よ。あなたに何も言わずにいたのは悪かったわ」

叔母《おば》は肯《うなず》いて、「木戸さんの言った通りね。あなたを子供扱《こどもあつか》いしながら、結婚《けっこん》のことを話そうとしても、無理だって。ちゃんと大人として扱《あつか》ってこそ、あなたもあの話を受け止められたでしょうからね」

私《わたし》は、食事の手を止めたまま、訊《き》いた。

「あの人が、そう言ったの？」

「木戸さん？　ええ、そうよ」

叔母《おば》は、ちょっと目を見開いて、「それから、帰りがけに、あなたがとてもすてきだって」

「私《わたし》が？」

「当り前よ、私《わたし》の姪《めい》ですからね、って言っといたわ」

と、叔母《おば》は笑って言った。「――さあ、もう少し食べたら？」

食べられるはずがない。こんな時に。でも――情《なさけ》ないことに、私《わたし》はまた充分《じゅうぶん》に食べてしまっていたのだった。

木戸の死が叔母《おば》の耳に入るのは、いつのことになるだろう？　今夜か、明日か。

その時の叔母《おば》の悲しみを考えると、胸《むね》は痛《いた》んだ。

でも――もう、どうすることもできないのだ……。

5

「――岐子さん」

と、叔母《おば》が不思議そうに言った。

私《わたし》は、屋敷《やしき》の一階、目立たない片隅《かたすみ》にある書斎《しょさい》に入っていたのだ。

「ここにいたの。――捜《さが》しちゃったわ」

私《わたし》は本を閉《と》じた。読んでいたわけではなかった。

「何かご用？」

と、私《わたし》は訊《き》いた。

「そうじゃないけど……。今日はあの馬に乗らないのかと思って」

「少しくたびれたの」

と、私《わたし》は言った。「今日は体を休めようかと思って」

「そう、それならいいのよ」

叔母《おば》は、書斎《しょさい》を出て行こうとして、「ごめんなさいね、邪魔《じゃま》して」

「構《かま》わない」

と、首を振《ふ》って、ドアが閉《しま》りかけると、「叔母《おば》さん」

と、呼《よ》んでいた。

「え？」

「――木戸さんから、何か言って来たの?」

「いいえ」

と、叔母《おば》は首を振《ふ》って、少しためらってから、「実は、あの人の泊《とま》っているホテルへ電話をしたの。そしたら、戻《もど》ってません、って」

「そう……」

「レンタカーを借りてね、来ていたのよ。でも、ゆうべは戻《もど》らなかったとか。――妙《みょう》ね」

「そうね」

「戻《もど》ったら、電話をくれ、ってことづけておいたわ。大方、どこか友だちの所にでも寄《よ》ったんでしょ」

叔母《おば》は笑顔《えがお》になって、「あなたに振《ふ》られて、やけ酒でも飲んだかしら」

「まさか」

「あなたは気にしなくていいのよ、適当《てきとう》に言っておくから」

叔母《おば》がドアを閉《し》めようとした時、メイドさんがやって来て、

「お電話です」

と、声をかけた。

「噂《うわさ》をすれば、ね。木戸さんでしょ？」

「いえ、警察《けいさつ》からなんです」

私《わたし》は本を取り落とした。

「――何かしら？　出るわ」

叔母《おば》が急いで歩いて行く。私《わたし》は本を拾ってテーブルに置くと、廊下《ろうか》へ出て、叔母《おば》の後を追って行った。

――決っている。分っているのだ。それが何の知らせなのか……。

「――はい。昨日、確《たし》かに」

と、叔母《おば》が電話で話しているのが聞こえて来た。

それから、突然《とつぜん》叔母《おば》の短い叫《さけ》び声《ごえ》が聞こえた。

「そんなこと！――確《たし》かですか？」

叔母《おば》の声は震《ふる》えていた。「――分りました。うかがいます。――はい、これから、すぐに」

受話器を戻《もど》して、叔母《おば》はただ呆然《ぼうぜん》と立《た》ち尽《つ》くしていた。

「叔母《おば》さん……」

そっと声をかける。

「あ、岐子さん。悪いけど――ちょっと出かけて来るわ」

「ええ」

「ごめんなさい……。何かの間違《まちが》いかもしれないから――帰ってから話すわ」

叔母《おば》が、青ざめた顔で、二階へと上って行く。

タクシーを呼《よ》んで出かけて行くまでに、二十分近くもかかったのは、やはり叔母《おば》が動転していたからだろう。

ついて行こうかと言ったが、叔母《おば》は大丈夫《だいじょうぶ》、と言って一人で出かけて行った。出がけに、木戸が事故《じこ》に遭《あ》ったかもしれないとだけ言って行った……。

——叔母《おば》が出かけて行ってから、何時間かたった。私《わたし》が一人で居間《いま》にいると、母から電話がかかって来た。

「——岐子なの？」

「うん」

「連絡《れんらく》がないから……昨日、会ったんでしょ」

「会ったわ」

「その口ぶりじゃ、気に入らないようね。ま、無理にとは言わないわ」

と、母は諦《あきら》めているらしい。

「どうせ、もう意味ないわよ」

と、私《わたし》は言った。

「何のこと——？」

「木戸さん、ここの帰りに事故《じこ》で——」

「事故《じこ》？」

「――死んだのよ」

母が息をのむ気配がした。

「本当なの、岐子？」

「今、叔母《おば》さん、警察《けいさつ》へ行ってる」

「何てこと……」

母が、深く息をついた。

「車がね……ぶつかったみたい」

「そう。――一人で行ったの？」

「叔母《おば》さん？　そうよ。私《わたし》、ついて行くって言ったけど、一人で大丈夫《だいじょうぶ》って」

「一人で行きたかったのね、きっと」

母の言い方に、私《わたし》は何か含《ふく》みがあるような気がした。

「お母さん、どういうこと、それ？」

「どうって……。ね、岐子」

「うん」

「気を付けてあげてね。私《わたし》も、何とか時間を作って行くわ、そっちへ」

「叔母《おば》さんが何か……」

「木戸さんはね、叔母《おば》さんの昔恋《こい》した相手の息子《むすこ》さんなのよ」

私《わたし》は愕然《がくぜん》とした。

「──もちろん、事情《じじょう》があって、諦《あきら》めたんだけどね」

と、母は続けた。「きっと、その息子《むすこ》さんには、昔の恋人《こいびと》の面影《おもかげ》があったと思うわ」

私《わたし》は、言葉がなかった。──叔母《おば》は大丈夫《だいじょうぶ》だろうか？

「私《わたし》、警察《けいさつ》へ行ってみようか」

「そっとしておいてあげなさい。戻《もど》って来たら、慰《なぐさ》めてあげて」

と、母は言った。「今の話は内緒《ないしょ》よ、いいわね」

「うん。──分った」

私《わたし》は電話を切った。

何てことだろう？　私《わたし》が死なせたようなものだ。

今さら悔《く》やんでも、木戸が生き返るわけではない……。

私《わたし》は、ハッとした。——どうして考えつかなかったんだろう？

もし、今から行って間に合うものならば……。

窓《まど》の外へ目をやると、もうずいぶん暗くなりかけていた。

私《わたし》は、乗馬服に着《き》替《が》えるのをやめて、そのままの格好《かっこう》で、うまやへと駆《か》けて行った。


森の中を走らせ、あの分れ道へやっと辿《たど》り着《つ》いたころは、ほとんど夜になっていた。

あの家は？　まだあるだろうか。そして、あの女性《じょせい》はハープを弾《ひ》いているだろうか。

グレイフォックスを細いわき道へと進ませて行くと、やがて木々の間に、あの黄色い灯《ひ》が見えた。

急いで馬を降《お》り、明りの方へと歩いて行くと、ハープの調べが耳に届《とど》いて来た。

庭の方から、戸を開けて、

「失礼します……」

と、私《わたし》は勝手に入って行く。

音楽室のドアを開けると、ハープの音が止《や》んだ。

「――すみません。勝手に入って来て」

と、私《わたし》は言った。

「いいのよ。待っていたわ」

と、その女性《じょせい》は言った。

「時間がないんです。お願いです。――あの人を助けたいんです」

私《わたし》は進み出て言った。「そのハープを弾《ひ》いて下さい」

その女性《じょせい》は、不思議な表情《ひょうじょう》で、私《わたし》を見た。

「分っているんでしょ？　一日だけしか戻《もど》らないのよ」

「はい。――昨日のこの時間なら、まだ間に合うかもしれないんです」

私《わたし》は、じっと両手を固く握《にぎ》り合わせていた。

「弾《ひ》いてあげるわ」

と、その女性《じょせい》は肯《うなず》いた。「でも、これが最後になるわね」

「構《かま》いません」

私《わたし》は肯《うなず》いた。

「じゃあ……。そこへかけて」

私《わたし》が椅子《いす》に腰《こし》をおろすと、ハープが、また違《ちが》ったメランコリックな調べを奏《かな》で始めた。

「——あなたは、誰《だれ》ですか？」

と、私《わたし》は低い声で言った。

「あなたの叔母《おば》さんが知っているわ」

と、その女性《じょせい》は言った。

やがて、窓《まど》の外が、少し明るくなった。

「——さあ、行きなさい」

と、その女性《じょせい》は言った。「急いでね」

私《わたし》は、その女性《じょせい》の手を取って、握《にぎ》りしめた。――その小さな手。意外なほどに。

その手の感触《かんしょく》は、私《わたし》のよく知っている誰《だれ》かと、そっくりだった。

小さなその家を出て、私《わたし》はグレイフォックスにまたがって、屋敷《やしき》へと急いだ。

時間は再《ふた》び、正しい方向へと進み始めて、辺りが暗さを増《ま》す。私《わたし》は、屋敷《やしき》の灯《ひ》が見えると、さらにグレイフォックスを急がせた。

玄関《げんかん》の前に車がある！　そして、今しも、叔母《おば》と木戸が屋敷《やしき》から出て来たところだった。

「――まあ、岐子さん」

叔母《おば》は、面食らった様子で、「その格好《かっこう》……。服はどうしたの？」

そうだった。乗馬服ではなかったのだ。

「ちょっと……。木戸さん」

と、私《わたし》は馬を降《お》り、車の前で立っていた木戸の方へ歩いて行った。

「やあ」

「さっきはごめんなさい」

と、私《わたし》は詫《わ》びた。「失礼なことを言って」

「いや、今、話してたんだけどね、君が怒《おこ》るのは無理ない、と思うよ」

木戸は、おっとりと言った。

「もう一度、中へ入りませんか」

と、私《わたし》は言った。「ゆっくり、お話ししたいんです」

「岐子さん――」

と、叔母《おば》が思わず進み出る。

「しかし……。無理をしなくていいんだよ」

と、木戸も戸惑《とまど》い顔だ。

「無理してるわけじゃありません。お話ししたいんです」

「――じゃ、中へ入って、二人とも」

叔母《おば》の方が、そわそわしている。

「それから――」

と、私《わたし》は言った。「帰る時、この車を使わないで下さい」

「どうして？」

「どうしても」

私《わたし》は、そう言《い》い張《は》った。

木戸は、首をかしげながら、私《わたし》の言うことを聞いてくれたのだった……。

——居間《いま》へ入った私《わたし》たちに、叔母《おば》は楽しげにお茶を出してくれ、

「木戸さんのお父さんのことをね、よく知っていたのよ」

と、話してくれた。

「父の写真とか、お持ちですか」

と、木戸が言った。

「ええ、もちろん。——ちょっと待ってね」

叔母《おば》は、居間《いま》を出て行き、五、六分すると、古びたアルバムを手に、戻《もど》って来た。

「——これが、あなたのお父さんと一緒《いっしょ》に撮《と》った写真よ」

と、開いたページに、私《わたし》と木戸は見入った。

木戸とよく似《に》た、上品な紳士《しんし》の傍《そば》に立っているのは――いや、二人の間には、美しいハープが立っていて、それに手をかけているのは、あの小さな家の女性《じょせい》だった。

「若《わか》かったわね、私《わたし》も」

と、少し照れくさそうに叔母《おば》は言った。

「あら、少しも変らないわよ、叔母《おば》さん」

と、私《わたし》が言うと、叔母《おば》は真赤《まっか》になった。

「お二人で話していてちょうだい、ちょっとやることがあるから……」

叔母《おば》が出て行く。

私《わたし》は、木戸と二人になって、何となく照れくさく、口をつぐんでしまった。

木戸は、口を開いて、また退屈《たいくつ》な話を始めた。

でも、私《わたし》には、その退屈《たいくつ》な話が、まるで妙《たえ》なるハープの調べにも匹敵《ひってき》する音楽のように、聞こえていたのだった……。

駐《ちゅう》車《しゃ》場《じょう》から愛をこめて

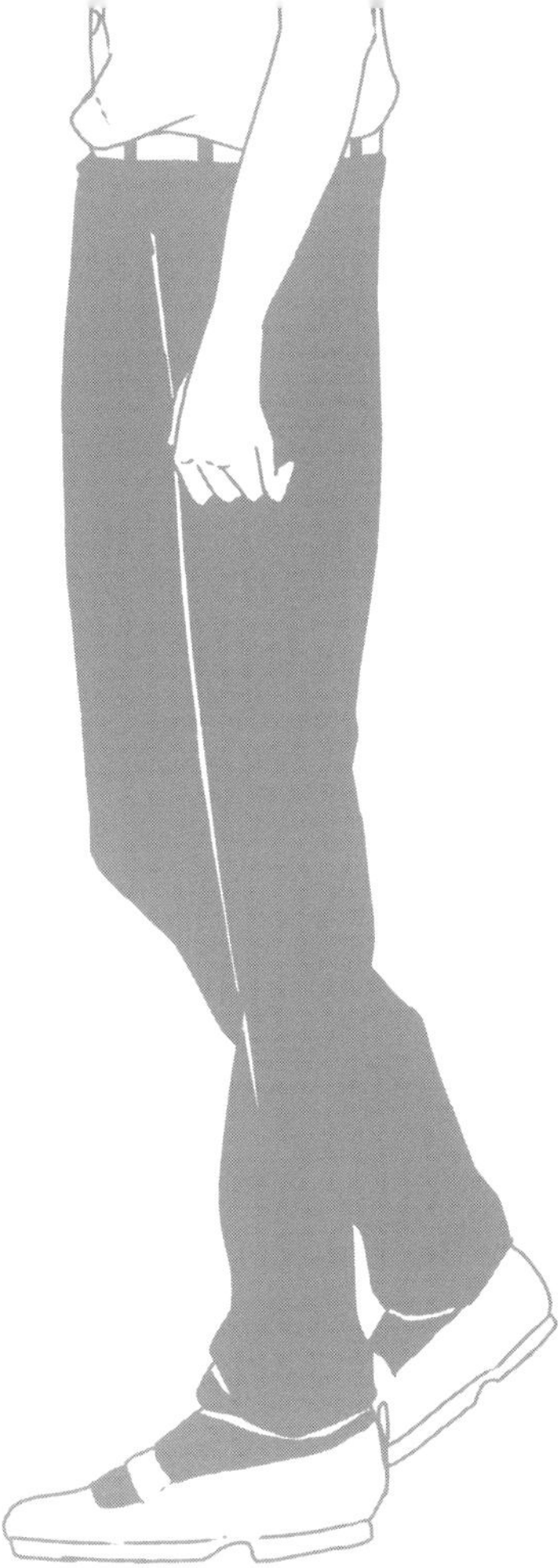

「こんな遅《おそ》い時間に、全く……」

私《わたし》は車をゆっくりとビルの裏手《うらて》へ進めながら、そう呟《つぶや》いた。

もう時刻《じこく》は九時をとっくに過《す》ぎている。会議は八時半からということだったから、私《わたし》自身も遅刻《ちこく》していたわけだが、それには色々と理由がつけられた。

その一つは、私《わたし》の本業は某私立《ぼうしりつ》大学の助教授《じょきょうじゅ》であって、このビルの四階に入っている経営《けいえい》コンサルタントの会社の顧問《こもん》という仕事は、あくまで副業にすぎないこと。その顧問《こもん》というのも、私《わたし》の師《し》に当る教授《きょうじゅ》に頼《たの》まれて、いやいや引き受けたのであり、おまけに無給に近いというのでは、とうてい熱心にその会社のためを考えようなどという気にもなれなかった。

第二に、こちらも多忙《たぼう》な身なのに、急に翌日《よくじつ》の会議にぜひ出席していただきたい、などと電話をしてくる、会社側のずさんさが、元来几帳面《きちょうめん》な私《わたし》を苛立《いらだ》たせることだった。

加えて、夏の蒸《む》し暑《あつ》い夜の会合だというのに、冷たい飲物一つ出るでもなく、しかも省エネとかで、ビル全体が夕方五時には冷房《れいぼう》を切られてしまっている。

全く、どうしてこのままUターンして家へ帰ってしまわないのか、と我《われ》ながら不思議に思いつつ、私《わたし》は車を駐車場《ちゅうしゃじょう》の入口へと向けた。

このビルの駐車場《ちゅうしゃじょう》は地下二階にあって、いつも昼間は満杯《まんぱい》の状態《じょうたい》だった。昼の会議の時など、たいていは駐車場探《ちゅうしゃじょうさが》しにこの近くをぐるぐると走り回るのが常《つね》である。

駐車場《ちゅうしゃじょう》へと降《お》りる、ゆるいカーブの坂を下って行くと、突然《とつぜん》、ヘッドライトの中に人の姿《すがた》が現《あらわ》れて、私《わたし》はギョッとしてブレーキを踏《ふ》んだ。キュッとタイヤがきしんで、車は間一髪《かんいっぱつ》の所で停止した。

危《あぶな》いじゃないか、全く！――私《わたし》はホッと息をついた。額《ひたい》に冷汗《ひやあせ》がにじんでいる。

白い半袖《はんそで》のワイシャツ姿《すがた》に、地味なネクタイをしめた若《わか》い男だった。

私《わたし》は窓《まど》を下《お》ろして、

「そんなところに立っていちゃ、危《あぶな》いじゃないか」

と言った。「もう少しではねちまうところだ」

だが、男は別に悪びれた風もなく、窓《まど》の所へやって来ると、

「駐車場《ちゅうしゃじょう》は満車ですよ」

と、無表情《むひょうじょう》な声で言った。

「何だって？」

「満車ですから引き返して下さい」

「馬鹿《ばか》を言うな！」

私《わたし》は腹《はら》が立って、怒鳴《どな》った。「こんな時間に、そんなはずがあるもんか！」

「本当なんです」

と、その男はのっぺりした口調でくり返した。「一杯《いっぱい》なんですよ」

「じゃ、ともかく下まで行ってみる。その上で、本当に一杯《いっぱい》なら戻《もど》って来るよ。それでいいだろう」

「満車なんです」

若《わか》い男は、まるで私《わたし》の言葉が耳に入らない様子でくり返すばかりだった。私《わたし》は苛《いら》立《だ》って来て、

「君は一体――」

と言いかけた。そこへ、

「いいのよ、中田《なかた》君」

と、女の声がして、ライトの中に、三十代の末か、あるいは四十になっていようかと思える、きつい顔立ちの女性《じょせい》が姿《すがた》を見せた。「中へ入っていただきなさい」

「ですが――」

「いいのよ。もうあなたは駐車場《ちゅうしゃじょう》の係じゃないんだから」

女の言葉に、中田と呼《よ》ばれた若《わか》い男は、急にしょんぼりした様子になって、

「はい……」

とうなだれてしまう。

女は窓《まど》の所まで来て、私《わたし》のほうを覗《のぞ》き込《こ》むようにして、

「失礼いたしました。どうぞ奥《おく》へ」

と、いかにも仕事に馴《な》れた感じの声で言った。

私《わたし》は肯《うなず》いて車を進めた。

駐車場《ちゅうしゃじょう》には、ほんの二、三台の車があるだけだった。――全く、妙《みょう》なことがあるもんだな、と思いつつ、私《わたし》は適当《てきとう》な場所へ車を入れて、外へ出た。書類鞄《かばん》をかかえて、エレベーターのほうへ歩きかけると、背後《はいご》に足音が聞こえる。振《ふ》り向《む》くと、さっきの女だった。

「どうも申《もう》し訳《わけ》ありませんでした」

と、女は頭を下げた。

「いや、別に……。しかし、こんなにガラガラなのに、どうしてあの男は――」

「気の毒な人なんですの」

「気の毒……。するとと、少しおかしいんですか？」

至《いた》って助教授《じょきょうじゅ》らしからぬ表現《ひょうげん》だった。

「ええ」

女は肯《うなず》いた。「中田君は、この四階にある経営《けいえい》コンサルタントの会社に勤《つと》めていまして――」

「おや、僕《ぼく》もそこへ行くところなんですよ。会議でしてね」

「そうですか。私《わたし》は庶務《しょむ》におります八代充子《やしろみつこ》と申します」

「これはどうも」

見たことのない顔だったが、庶務《しょむ》の人間に会うことなど、めったにないのだから、それも当然だろう。

八代充子と名乗った女は、エレベーターの呼《よ》びボタンを押《お》して、

「夜は一台しか動いていませんので、なかなか来ません」

と申《もう》し訳《わけ》なさそうに言った。

「いや、構《かま》いませんよ」

私《わたし》は微笑《ほほえ》んだ。地下の駐車場《ちゅうしゃじょう》は、冷気がなかなか逃《に》げないのか、心もち、涼《すず》しいよ

うな気もして、快《こころよ》かった。

「——しかし、あの若者《わかもの》、どうしてあんな風に?」

私《わたし》が何気なく訊《き》くと、八代充子は、

「駐車場《ちゅうしゃじょう》のせいなんです」

と答え、「それに、私《わたし》にも責任《せきにん》はあります」

と付け加えた。

「駐車場《ちゅうしゃじょう》のせい? どういう意味なんです?」

「それは——」

言いかけて、八代充子は言葉を切り、「お話しすると長くなりますし、エレベーターが来ましたわ」

ちょうど扉《とびら》がガラガラと開いて、どうぞと促《うなが》す。

「あなたは?」

「私《わたし》はここで失礼いたします」

八代充子は閉《と》じる扉《とびら》の外で頭を下げた。

——人のいない事務所《じむしょ》を横目に見て、会議室へ入って行くと、ちょうど話は一区切りついていて、珍《めずら》しくアイスコーヒーとケーキが出されているところだった。

「やあ先生。どうも夜分、恐《おそ》れ入《い》ります」

大きな声で挨拶《あいさつ》したのは、ここの営業《えいぎょう》部長の神崎《かんざき》という、営業《えいぎょう》マンの見本のような、至《いた》ってソツのない男である。「ちょうど、今、一息入れていたところでして。先生のご意見を伺《うかが》わないと話が進まんな、と言っていたんですよ」

見《み》え透《す》いたお世辞も、こうまくしたてられるとご愛敬《あいきょう》で、ついこっちも不機嫌《ふきげん》を忘《わす》れて席につく。

会議には、私《わたし》の他に三人の顧問《こもん》、それに社員、十人ほどが出席していた。

「ま、お暑いでしょう。ともかく冷たいものでも召《め》し上《あが》って——」

私《わたし》はアイスコーヒーを一口飲んで、ホッと息をついた。息抜《いきぬ》きの雑談《ざつだん》が途切《とぎ》れて、何となく静かになっている。

「そういえば」

私《わたし》は何気なく言った。「駐車場《ちゅうしゃじょう》の入口で、何だか若《わか》い男に、下は満車だから引き返せと言われましたよ。ところが下へ行ってみるとガラガラでね。皆《みな》さんも――」

突然《とつぜん》、会議室のドアの所でガシャンと派手《はで》な音がした。会社の女子事務員《じむいん》が、手にしていた盆《ぼん》を取り落として、アイスコーヒーのグラスが床《ゆか》に砕《くだ》けたのだった。――だが、奇妙《きみょう》だったのは、その女の子が、真っ青になって、今にも気を失いそうに見えたことだった。

「先生……」

と、神崎が言った。

私《わたし》は神崎を見て、さらに面食らった。いつも愛想《あいそ》のいい笑《え》みを絶《た》やしたことのない男が、こわばったような表情《ひょうじょう》で、じっとこっちを見つめているのだ。

「何です？　どうかしたんですか？」

と、私《わたし》は訊《き》いた。

「先生、その若《わか》い男というのは……」

「中田とかいいましたかね」

神崎が息を呑《の》んだ。ドアの所にいた女の子が、キャーッと叫《さけ》んで、駆《か》け出《だ》して行ってしまった。私《わたし》は当惑《とうわく》して、

「どうしたんです、一体？　まるで幽霊《ゆうれい》にでも会ったみたいに――」

「それは先生ですよ」

と、神崎が言った。

「――何ですって？」

「先生が幽霊《ゆうれい》に会われたんです」

私《わたし》はポカンとして神崎を見た。彼《かれ》の表情《ひょうじょう》は真剣《しんけん》そのものだ。

「その中田という男はですね」

と、神崎は言った。「三年前に死んだのですよ」

重苦しい空気が、一同を支配《しはい》した。

「その事情《じじょう》を聞かせて下さい」

と、私《わたし》は言った。

神崎の言葉を、なぜか一笑《いっしょう》に付す気にはなれなかった。

「はあ……」

神崎はしばらくためらっている様子だったが、やがて思い切ったように口を開いた。

「分りました。彼《かれ》の名は——」

午前九時

「中田君！」

八代充子の鋭《するど》い声に、中田要二《ようじ》はぎくりとした。

「はい」

弾《はじ》かれたように立ち上って、急いで八代充子の机《つくえ》の前へ駆《か》けつける。——また、俺《おれ》は何かへまをやったのかしら?

「今日は第三金曜日よ。分ってるわね」

八代充子は、顔も上げずに言った。

「はい。定例の顧問《こもん》会議です」

と、中田は言った。

「やっと憶《おぼ》えてくれたわね」

八代充子は皮肉な笑《え》みを浮《う》かべた。「やることは分ってるわね?」

「はい」

「結構《けっこう》よ。今度こそ、一つの落ちもないようにね」

「分りました」

中田の声は段々《だんだん》低くなって行った。

「あなたの『一つ忘《わす》れ病』も、いい加減《かげん》に全快《ぜんかい》してほしいわ」

中田は何とも言いようがなかった。八代充子は、

「じゃ、支度《したく》にかかって」

と言うと、すぐに他の部下へ向って、話しかけていた。

中田は、そっと冷汗《ひやあせ》を拭《ふ》いてから席に戻《もど》った。ミスをやったわけではなかったと知って、救われた思いだったが、八代充子の棘《とげ》のある言い方には、いつもながら、胃の痛《いた》むのを感じた。

「まあ、言われたって仕方ないんだけどな……」

席へ座《すわ》って、ともかくお茶を一杯《いっぱい》飲むと、中田はそう呟《つぶや》いた。

実際《じっさい》、自分でもいやになるのだから、他人がいやになるのは当然だろう。〈一つ忘《わす》れ病〉と八代充子が呼《よ》んだ通り、会社にとって一番大切な会議である定例顧問《こもん》会議の準備《じゅんび》を、中田は入社以来もう一年近く、毎月一回くり返しやって来たのだが、手とり足とり教えてもらった最初の二ヵ月はともかく、一人に任《まか》せられて以来、必ず何か一つの――時には二つの――大切な準備《じゅんび》を忘《わす》れるのだった。

一度は会議の資料《しりょう》をコピー会社へ出すのを忘《わす》れ、会議前の一時間、女子社員が総出《そうで》でコピーして急場をしのいだことがある。

また会議が夕方から、夕食時間を挟《はさ》んで行われるために、他の会議室に、仕出しの夕食を用意するのだが、その注文を忘《わす》れて、近くの寿司屋《すしや》へ走って間に合わせたこともある。

その他、会議室の机《つくえ》や椅子《いす》を規定《きてい》の形に並《なら》べておくのを忘《わす》れ、顧問《こもん》たちを廊下《ろうか》へ待たせておいて、汗《あせ》だくで机《つくえ》を動かしたこと、会議の出欠の返信ハガキを、どこかへやってしまったこと、その他……。

「一通り全部やらないと気が済《す》まないの?」

直接《ちょくせつ》の上司である係長、八代充子がそう皮肉るのも、当然といえば当然のことであったかもしれない。

八代充子は、独身《どくしん》の職業女性《しょくぎょうじょせい》の一典型とでも言うべき存在《そんざい》で、男性《だんせい》以上に仕事では厳《きび》しく、また有能《ゆうのう》でもあった。係長とはいえ、並《なみ》の課長よりも、はるかに発言力があり、会社の幹部《かんぶ》たちにも一目置かれていたのである。

そんな彼女《かのじょ》から見れば、呑《の》み込《こ》みが悪く、忘《わす》れっぽく、不器用な中田は、何とも歯がゆい存在《そんざい》であったろう。事あるごとに、中田は八代充子の痛烈《つうれつ》な皮肉にさらされることになったのだ。

——この朝、中田は会議室の予約の確認《かくにん》のために、社の受付へ行った。

「おはよう」

と、声をかけると、受付の野島幸子《のじまさちこ》が、

「おはよう」

と微笑《ほほえ》みを返した。

まだ二十一歳《さい》になったばかりの若々《わかわか》しい可愛《かわい》い娘《むすめ》である。

「今日の顧問《こもん》会議、会議室の使用届《しようとどけ》は出してあったよね」

「ええ、ちゃんと出てるわ」

「よかった」

中田は大げさにホッと息をついて見せて、「まだやってないのは、それぐらいだからなあ」

「私《わたし》がちゃんと憶《おぼ》えてるわ。大丈夫《だいじょうぶ》」

「ありがとう」

「食事の予約も済《す》んでるし……」

と、ノートを見てから、「また何か言われたの?」

と、少し低い声で訊《き》く。

中田は肩《かた》をすくめた。

「いつもの朝の挨拶《あいさつ》さ」

「いやな人ね」

と、幸子は顔をしかめた。「人に嫌味《いやみ》を言うのが唯一《ゆいいつ》の楽しみだなんて、本当に悪趣味《あくしゅみ》だわ」

「言われるようなことをするからいけないのさ」

「でも……」

と、不満げな幸子をなだめるように、中田は言った。

「僕《ぼく》は別に気にしてないよ」

「あなたって、人がいいんだから……」

幸子はすねたように言った。中田と野島幸子とは、恋人同士《こいびとどうし》とまではいかないまでも、そうなる可能性《かのうせい》は充分《じゅうぶん》に秘《ひ》めている仲である。

「さて、会議室の机《つくえ》を並《なら》べてくるかな」

と中田が行きかけると、

「午前中は他の会議よ」

と、幸子が言った。

「ちぇっ、ついてないな。昼からじゃ、また忘《わす》れそうだよ」

「前の会議が終ったら知らせてあげる」

「ありがとう」

と、中田は肯《うなず》いてみせた。「君は優《やさ》しいなあ」

「どういたしまして」

幸子がちょっと頬《ほお》を赤らめる。「今の内にお金をもらっておいたほうがいいわよ」

お金とは、顧問《こもん》に払《はら》う交通費や夕食代のことである。予《あらかじ》め経理《けいり》から大体の金額《きんがく》を出しておいてもらい、後で精算《せいさん》することになっていた。

「そうするよ」

「——あ、それから、資料《しりょう》は？　コピー、できて来てるの？」

「昨日出しておいたからね、今日の昼までには持って来るさ」

大量のコピーは、外の業者へ出しているのである。

「でも……」

幸子が不安げな表情《ひょうじょう》になった。「今日はあそこお休みよ。掲示《けいじ》を見なかったの？」

「——何だって？」

中田の声は、囁《ささや》くように低くなっていた。そうだった！　ちゃんと見ていたのだ。

コピー会社が、今日から三日間、臨時《りんじ》休業するという掲示《けいじ》があった。

〈その間の会議等の資料《しりょう》などは、前々日までに出しておくこと〉……そう書いてあったのだ。中田も、はっきりとそれを読んだ。しかし、半月以上前に掲示《けいじ》されていたので、大して気にも止めなかった……。

「しまった！」

中田が真っ青になった。「――どうしよう」

「じゃ、原紙は向うへ行ったままなのね？」

「そうさ。まさか今日だとは……」

中田は頭を抱《かか》えた。

「誰《だれ》かいるかもしれないわ」

幸子は外線用の電話へ手をのばした。

「だめね」

幸子は受話器を戻《もど》した。「みんな社員旅行でしょう。自宅《じたく》にもいないし……」

中田は受付の椅子《いす》に力なく座《すわ》り込《こ》んでいた。

「全く……救い難《がた》いよ、僕《ぼく》は」

「元気出して」

幸子は中田の肩《かた》に手を置いた。

「しかし、どうしようもないじゃないか。コピー会社は閉めっきりになって、コピーの原紙はそこのロッカーか何かの中だ。どうやったって、今日の会議には間に合わないよ」

幸子は少し考え込《こ》んでいたが、やがて、

「私《わたし》が何とかする」

と言った。

「何とか……って言っても……」

「コピー会社へ行ってみるわ。後は忍《しの》び込《こ》んででも――」

「そんなことして、捕《つか》まったら大変だよ！」

「冗談《じょうだん》よ」

幸子は微笑《ほほえ》んだ。「少なくとも管理人か誰《だれ》かいるはずだわ。事情《じじょう》を話して頼《たの》めば、きっと何とかなるわよ」

「そうかなあ」

「私《わたし》、早退《そうたい》して行くわ」

「すまないね」

「いいのよ。あなたは落《お》ち着《つ》き払《はら》ってらっしゃい。向うから電話するわ」

中田は幸子の手を握《にぎ》った。幸子は慌《あわ》てて左右へ目をやった。

「見られたら困《こま》るわ」

と言いながら、手を引《ひ》っ込《こ》めようともしなかった。「——きっと何とかするから、大丈夫《だいじょうぶ》よ」

中田は、幸子の言葉でいくらか元気づけられて席へ戻《もど》った。とたんに、

「中田君！　どこへ行ってたの？」

と、八代充子の声が飛んで来る。

「あ、あの——会議室のほうをちょっと——」

「午後からでいいわよ、そんなことは」

「はい」

「もう資料《しりょう》のコピーはできてる？」

中田はぐっと詰《つ》まった。しかし、「できているか」という八代充子の訊《き》き方《かた》からすると、彼女《かのじょ》もコピー会社が休みだというのは忘《わす》れているようだ。自分が直接《ちょくせつ》コピー会社と接触《せっしょく》するわけではないから、気にもしないのかもしれない。

「昼にはできて来ます」

思い切って、中田はそう言った。

「そう。できて来たら一部私《わたし》に」

八代充子はあっさりそう言った。

「分りました」

中田は胸《むね》を撫《な》で下《お》ろした。

「それから、この表をね」

と、八代充子は数字の並《なら》んだ、手書きの表を取り出して、「タイプで清書させておいてちょうだい。それもコピーしてね」

「分りました」

中田はそれを受け取って、「今日の会議に使うんですね」

「当り前のことを訊《き》かないで」

八代充子は苛々《いらいら》した声で言った。

中田はタイピストの席へと歩いて行った。何か仕事があるほうが、ありがたかった。

少なくとも、差し当っては、不安を紛《まぎ》らわすことができるからだ。

——幸子は巧《うま》くやってくれるだろうか？

午前十時三十分

前にも、幸子はコピー会社へお使いに行ったことがあったが、周囲の様子がすっかり変ってしまって、捜《さが》し当《あ》てるのに、大分手間取った。

蒸《む》し暑《あつ》い日で、大分古ぼけた貸《かし》ビルの前に立った時には、幸子は汗《あせ》だくになっていた。

コピー会社はそのビルの三階に入っていたが、表から見た限《かぎ》りでは、人のいる気配は全くなかった。

文字の消えかかった扉《とびら》を押《お》して、ビルへ入って行くと、正面の受付で、仏頂面《ぶっちょうづら》をした老人が、ジロリと幸子をにらんだ。——いやな予感がしたが、幸子は精一杯《せいいっぱい》愛想《あいそ》よく微笑《ほほえ》んで、

「失礼します」

と、声をかけた。

「何？」

老人は面倒《めんどう》くさそうに唸《うな》った。

「三階のコピー会社に用があって——」

「休みだよ」

「それは存《ぞん》じてるんですけど」

「三日間休みだよ」

「ええ、分ってます」

「じゃ何だっていうんだね？」

「実はあそこにいつもコピーを頼《たの》んでいるんですけど、今預《あず》けてある書類が急に必要になって……」

「休みだから仕方ないよ」

「事務所《じむしょ》を開けていただけませんでしょうか？」

「だめだね」

老人は即座《そくざ》に首を振《ふ》った。

「何とかお願いします。それがないと困《こま》るんです」

「こっちだって、留守《るす》の事務所《じむしょ》に他人を入れたらクビだよ。そっちより、よほど困《こま》ったことになる」

「そんなことはありません。何ならそばについていて下さってもーー」

「だめだね」

幸子は手を握《にぎ》りしめた。ーー一瞬《いっしゅん》、この年寄《としよ》りを殴《なぐ》り倒《たお》して、鍵《かぎ》を盗《ぬす》もうか、という考えが、本当に頭をかすめた。

馬鹿《ばか》なことを考えないで！　幸子は頭を振《ふ》った。

「お願いします。それを急いで持って帰らないと、大変なんです」

「気の毒だが諦《あきら》めなさい」

老人はそう言うと、新聞を眺《なが》め始めた。

「お願いです。怪《あや》しい者じゃありません。経営《けいえい》コンサルタントの会社でーー」

幸子はバッグから身分証明書《しょうめいしょ》を出して差し出したが、老人は一向に見ようともしない。

「最近はビル荒《あら》しが多くてね」

老人は新聞を見たまま、言った。

「でも、私《わたし》は――」

幸子は言葉を切った。そしてバッグから財布《さいふ》を出し、中から一万円札を一枚《いちまい》抜《ぬ》き出《だ》して、

「ご迷惑《めいわく》は分りますけど、何とか……」

と差し出した。

老人はジロリと札を見て、それから幸子を見た。

「そんな真似《まね》をしてもだめだよ」

逆効果《ぎゃくこうか》だったようだ。老人は幸子を冷ややかな目で見つめた。

「クビになりゃ、わしは行く所がないんだ。帰ってくれ！」

――もう、老人の考えを変えさせることはできそうにない。幸子は、力なく札を財《さい》布《ふ》へ戻《もど》した。

「失礼しました」

失望と腹立《はらだ》たしさ、そして中田へこのことを知らせる時の辛《つら》さを思って、重い足取りで、幸子はビルを出た。

「何とかしなきゃ」

表に立って、幸子は呟《つぶや》いた。

しかし、どうすればいいだろう？　あの老人がトイレに立った隙《すき》にでも、三階へ上ることはできるかもしれないが、鍵《かぎ》を開けることはできそうにない。

いずれにしても、捕《つか》まれば不法侵入《しんにゅう》だ。そこまでして……。だが、中田のことを思うと、それくらいの危険《きけん》は辞さない、という気になっていた。

非常階段《ひじょうかいだん》から入れないかしら、と幸子は思った。――しかし、夜中ならともかく、今は昼日中だ。ビルの他の階では仕事をしているのだし、非常階段《ひじょうかいだん》など上って行けば、妙《みょう》に思われるに決っている。

幸子はいつしか流れた汗《あせ》をそっと拭《ぬぐ》った。汗《あせ》ではなく、涙《なみだ》かもしれないと思った。

このまま帰るわけにはいかない！　何とかして……何とか……。

ビルから、あの老人が出て来た。

「そこにいたのか」

老人は、ちょっと照れくさそうに笑っている。幸子は、胸《むね》の鼓動《こどう》が早くなるのを覚えた。

午後零《れい》時五分

「はい」

幸子がコピーの束をテーブルに置いた。中田は頭を下げた。

「ありがとう」

「やめてよ」

幸子は笑って、「さ、わきへやっておかないと、濡《ぬ》れるわ」

二人は、あまり会社の連中の来ないレストランで待ち合わせたのだった。

「大変だったろう」

「全然」

と、幸子は首を振《ふ》った。「コピー会社のほうで、会議の日付を見て気をきかせたのね。コピーして、ビルの受付へ預《あず》けておいてくれたのよ。もし取りに来たら渡《わた》してくれって」

「助かったよ」

「今度から、まめに掲示《けいじ》を見て、メモしておくのよ」

「分った。もうこりたよ」

中田は頭をかいた。「悪かったなあ、君には。早退《そうたい》までさせて」

「いいのよ。これからデパートでもぶらつくから」

「ともかくこのお昼はおごるから」

「無理しないで」

「せめて、それぐらいさせろよ。男のプライドってものがあるんだ」

幸子は思わず笑った。

「はいはい。じゃ、ごちそうになります」

――食事をしながら、幸子は、

「もう忘《わす》れたことはない？」

と訊《き》いた。

「大丈夫《だいじょうぶ》。今月こそは完璧《かんぺき》さ」

中田が力強く肯《うなず》いた。

他の客が、ウェイターへ声をかけているのが耳に入って来た。

「ここは専用駐車場《せんようちゅうしゃじょう》はないのかね？」

「はい、申《もう》し訳《わけ》ございません。この辺は、駐車場《ちゅうしゃじょう》が足りませんので――」

中田はナイフとフォークを皿へ置いた。

「駐車場《ちゅうしゃじょう》だ！」

「え？」

「駐車場《ちゅうしゃじょう》を取っておかなきゃ。忘《わす》れてたよ」

「まあ。よかったわね、思い出して」

「うん」

「車で来る人、いるの？」

「ほら、村木《むらき》先生さ」

「ああ、あのうるさい人」

「そうなんだ。あの先生、車を置く所がないと、えらく機嫌《きげん》悪くって。一台分、スペースを確保《かくほ》しておかなきゃ」

「大丈夫《だいじょうぶ》よ。今からなら、まだ余裕《よゆう》あるわ」

「そうだね」

中田はホッとした様子で、「やれやれ、また一つ忘《わす》れるところだった」

と、ニヤリと笑った。

中田は幸子と別れて会社へ戻《もど》ると、コピーの束を机《つくえ》に置き、一部を八代充子の机《つくえ》に置いた。

時計を見ると、まだ十二時四十分だった。昼休みは二十分ある。駐車場《ちゅうしゃじょう》のほうは一時になってから訊《き》けばいいだろう。

「コーヒーでも飲んで来るか」

もう一度ビルを出ると、中田は向いの喫茶店《きっさてん》に入った。同僚《どうりょう》の顔もちらほら見える。できるだけ目立たない奥《おく》の席に座《すわ》った。

コーヒーを注文して、店の新聞をめくっていると、誰《だれ》かが向いの席に座《すわ》った。

「座《すわ》ってもいい?」

八代充子だった。

「ど、どうぞ」

中田は慌《あわ》てて言った。――畜生《ちくしょう》、休み時間だっていうのに！

「コピーはどうした？」

と、八代充子が訊《き》いた。

「え、ええ。さっき出来て来ました。一部机《つくえ》に置いてあります」

「そう。ありがとう」

――それきり八代充子は口をきかずに、コーヒーを頼《たの》んで、それが来るまで、まるで眠《ねむ》ったように目を閉《と》じていた。

やれやれ、この女、一体仕事を忘《わす》れるなんてことあるのかな、と中田は思った。寝《ね》る時も、仕事の夢《ゆめ》しか見ないんじゃないか……。

「さっき、野島さんと一緒《いっしょ》だったわね」

急に八代充子が言い出した。

「は？」

「彼女《かのじょ》に取りに行かせたの？」

中田は、顔から血の気がひくのが分った。

「——コピー会社が休みだってことを、私《わたし》が忘《わす》れてるとでも思ったの？　あなたが昨日コピーを出しているのを見たから、電話して、受付へ預《あず》けておいてくれと言っておいたのよ」

中田は黙《だま》って目を伏《ふ》せた。

「あなたが、いつそれに気付くかと思って、様子を見ていたの。——私《わたし》はね、あなたが失敗するのは仕方ないと思うわ。人には能力《のうりょく》っていうものがあるんだから。でも、忘《わす》れたら自分でそれを何とかしなさい。女の子に早退《そうたい》までさせて。それでも男なの？」

中田は青白い顔で、じっとうなだれているばかりだった。

「素直《すなお》さだけがあなたの取《と》り柄《え》だと思ってたのに、がっかりよ」

八代充子はコーヒーをゆっくりと飲みほした。「もう忘《わす》れていることはない？」

「ありません……」

中田は蚊《か》の鳴くような声で言った。

「じゃ、先に行くわ」

八代充子は伝票を手にして、「ここは私《わたし》が払《はら》っておくから、いいわよ」

と言い残して、出て行った。

中田は、しばし放心したように座《すわ》っていた。

目の前でコーヒーがさめて行く。分っていながら、どうしても手がのびないのだ。

「駐車場《ちゅうしゃじょう》……」

と、中田は呟《つぶや》いた。

午後一時

「今日は満車だよ」

ビルの管理会社の係員は、あっさりと言った。中田は、

「でも……」

と言ったきり言葉が続かなかった。

「いつもなら、こんなことはないんだがね。二階で何だか会合があるんだとかで、今空いてる所も、夜まで全部予約済《ず》みだよ」

「そんな……。どうしても一台分だけいるんですよ。一台でいいんだ」

「そう言われても、順番だからね」

中田は急に体中《からだじゅう》の力が抜《ぬ》けてしまうような気がした。なぜだ？　なぜ、俺《おれ》は何もかもついてないんだ？

「――おい、大丈夫《だいじょうぶ》か？」

係員は、中田がよろけたのにびっくりして言った。中田は黙《だま》って肯《うなず》いた。

足を引きずるようにして引き返して行く中田を見て、係員はいささか同情《どうじょう》したらしい。

「おい。――じゃ、5番の所を見て来な。あそこはたいてい午前中しか置いてないから」

中田は振《ふ》り向《む》いた。

「誰《だれ》です、借りてるのは？」

「三階の法律事務所《ほうりつじむしょ》の先生だよ」

中田は駐車場《ちゅうしゃじょう》へと入って行った。

静かだった。——電話も鳴らないし、怒鳴《どな》る声も聞えない。

中田は、ちょっとの間、ここへ降《お》りて来た目的を忘《わす》れて、その孤独《こどく》な静寂《せいじゃく》に浸《ひた》って立っていた。——ここが、上と同じビルの中だなんて、信じられないな、と思った。

車も、みんな忠犬《ちゅうけん》ハチ公のように、じっと身じろぎもせずに、主の戻《もど》って来るのを、待っている。

ああ、ここが俺《おれ》の仕事場だったら、と中田は思った。こんな静かで、人の姿《すがた》がなくて、上役の目も、同僚《どうりょう》の嘲《あざけ》りも、女の子たちの軽蔑《けいべつ》の視線《しせん》も、感じないですむ世界が、俺《おれ》の生きる場所だったら……。

中田は、我《われ》に返った。

「ぐずぐずしちゃいられないんだ……」

自分に言い聞かせるように、そう呟《つぶや》くと、5番のスペースを見に行った。――車はなかった。

管理会社へ戻《もど》って、係員にそのことを言うと、

「それじゃ大丈夫《だいじょうぶ》だろう。昼頃《ひるごろ》出ると、もう大体戻《もど》っちゃ来ないんだ」

と肯《うなず》いた。

「じゃ、お願いします」

「分った。取っといてやるよ」

中田は救われた思いで、大きく息をついた。

「中田君」

席へ戻《もど》ると、八代充子が声をかけて来た。

「はい」

「村木先生は車でおみえよ。駐車場《ちゅうしゃじょう》は大丈夫《だいじょうぶ》?」

「はい、取ってあります」

「そう、そうならいいわ」

中田は、八代充子の言葉に、かすかに失望の響《ひび》きを聞き取ったような気がした。それは考えすぎかもしれないが、席に座《すわ》る時、中田の胸《むね》は、ささやかな勝利感で満たされていた。

——我《われ》ながら、つまらないことだ、と思っても、その感情《かんじょう》は確《たし》かに胸《むね》を熱くしていたのである。

午後二時三十分

会議は四時から始まる。そろそろ仕度《したく》をしておこうか、と中田は時計を見て思った。

会議室へ行って、前の会議で汚《よご》れた灰皿《はいざら》を片付《かたづ》け、机《つくえ》の並《なら》べ方《かた》を変えていると、

「電話ですよ」

と、交換手《こうかんしゅ》の女の子が顔を出して、「幸子さんから」

と、冷やかすような言い方をした。

「席で取ります？　それともここで？」

「こっちへ回して」

「はい」

中田は苦笑《くしょう》しながら、会議室の電話が鳴るのを待った。

「――あ、中田さん？」

「うん。さっきはありがとう」

「どう、準備《じゅんび》は？」

「今、会議室の机《つくえ》を動かしているところだよ」

「じゃ、順調なのね。よかった」

「心配かけちゃって、悪いね」

「そんなこと……」

幸子の言葉は低くなって消えた。

「今、どこにいるんだい？」

「デパート。――中田さんのおかげで、空いたデパートで買物ができるわ」

「そう。人がいないっていうのはいいもんだからね。さっき地下の駐車場《ちゅうしゃじょう》へ行って来たんだ。誰《だれ》もいなくて、静かだった。あそこにずっと一人でいたいと思ったよ」

どうしてこんなことをしゃべるのだろう、と中田は自分でも不思議だった。

「あなたは……お勤《つと》めに向いてないんだわ」

「そうかもしれないね」

と、中田は思わず微笑《ほほえ》みながら言った。

「今、一人なの？」

「そうだよ」

「会議室にいるのね」

「うん。何だい？」

「私《わたし》、中田さんが好きなの」

中田はじっと黙《だま》ったまま、受話器を握《にぎ》りしめていた。

「――もしもし」

「うん」

「怒《おこ》ってるの？」

「いいや。でも……本気なのかい？」

「もちろんよ」

「嬉《うれ》しいよ」

「よかったわ。――ホッとした」

「そうかい？」

「ええ。じゃ、あんまり邪魔《じゃま》しちゃ悪いから、またね」

「明日だろ？」

「そうね。また明日」

――電話が切れた。中田はしばらく受話器を持ったまま、ぼんやりと立っていた……。

席へ戻《もど》ろうとすると、交換手《こうかんしゅ》の女の子が、

「中田さん」

と呼《よ》びかけた。「さっき村木先生からお電話があって、駐車場《ちゅうしゃじょう》を頼《たの》むって」

「うん、大丈夫《だいじょうぶ》。取ってあるから」

全く、しつこいんだから、と中田は呟《つぶや》きながら席へ戻《もど》った。

「さて、資料《しりょう》を揃《そろ》えて、と……」

ふと、机《つくえ》の上のメモに気付いた。誰《だれ》の字か分らなかった。

〈駐車場《ちゅうしゃじょう》の係からＴＥＬ。５番はふさがったとのこと〉

午後二時五十分

「いや、気の毒だがねえ」

係員は、どうしようもないといった様子で肩《かた》をすくめた。

「でも……大丈夫《だいじょうぶ》だと言ったじゃありませんか」

「そう言われても、俺《おれ》にゃどうしようもないんだよ」

「じゃ、車がまた戻《もど》って来たわけですね」

「いや、そうじゃないらしいんだ」

「というと？」

「俺《おれ》もよくは知らないがね、何だか若《わか》い娘《むすめ》がスポーツカーで来ていれちまったんだよ」

「そんな……。断《ことわ》ってくれなかったんですか？」

「いちいちここに停《と》まって行くわけじゃないからね。それにあの事務所《じむしょ》の客かもしれないし……」

中田は管理会社を出ると、地下の駐車場《ちゅうしゃじょう》への階段《かいだん》を駆《か》け下《お》りた。

5番のスペースには、赤い、小型のスポーツカーが駐車《ちゅうしゃ》してあった。中田は車の運転はできなかったが、これが有名なイタリア製《せい》のスポーツカーだというぐらいのことは分った。

きっと四、五百万はするのだろう。彼《かれ》の一年分の給料の倍にもなる。

中田は車の中を覗《のぞ》き込《こ》んだ。若《わか》い娘《むすめ》の持物らしい、本やらバッグ、サングラスなどがシートに置いてある。こんな車を乗り回すような娘《むすめ》が、このビルにどんな用があるのだろう?

中田が車の傍《そば》に立っていると、

「何してんのよ?」

と、女の声がした。

振《ふ》り向《む》くと、派手《はで》な色に髪《かみ》を染《そ》めた、若《わか》い娘《むすめ》が立っている。服が同じ赤でなくても、この車の持主らしいことは分った。

「あなたの車ですか」

と、中田は訊《き》いた。

「そうよ。何の用?」

娘《むすめ》は突《つ》っかかるような訊《き》き方《かた》をした。

「僕《ぼく》はこのビルの四階に入ってる会社の社員ですけど」

「へえ。何か盗《ぬす》もうとしてたのかと思った」

「違《ちが》いますよ」

と、中田は慌《あわ》てて言った。「もう出るんですか？」

「どうしようと大きなお世話よ」

「この場所を借りたいんです。会社へ来るお客さんの車に、どうしても駐車《ちゅうしゃ》スペースがいるんで」

「ここはパパの所よ」

するとこれが法律家《ほうりつか》の娘《むすめ》か！

「よく分ってるんですが、他の空きは全部予約でふさがっていて……。ぜひ、ここが空いたら使わせてもらいたいんです」

「へえ。――パパに断《ことわ》ったの？」

「いえ、それは……。でも、大体午後にはお使いにならないようなので。何ならお願いに行きます」

「パパ、いないわよ。これから近所で落ち合うの」

「じゃ、ぜひ貸《か》して下さい！　お願いします、今日だけなんです」

中田はくり返し頭を下げた。

急に、娘《むすめ》が、かん高い声で笑い出した。

「やめてよ……笑いすぎてお腹《なか》が痛《いた》くなるじゃないの！」

中田はムッとした。

「笑いごとじゃありません。僕《ぼく》にとっては大問題なんです」

「あらそう」

娘《むすめ》は愉快《ゆかい》そうに、「じゃ、ここを借りられないと、クビになるとでもいうの？」

「それぐらい大切なんです。いや、本当にそうなるかもしれません」

「へえ、面白《おもしろ》いわね」

娘《むすめ》はからかうように、「決めたわ」

と言うと、駐車場《ちゅうしゃじょう》の出口のほうへ歩き出した。

「待って下さい！　車を――」

「歩いて行くことにしたの。すぐ近くですもの」

「そんな……」

「車はずっと置いとくわ。指一本でも触《ふ》れたら……。パパは法律《ほうりつ》の専門家《せんもんか》なのよ。分ってるでしょうね？」

「そんなひどいこと！――わざと人を困《こま》らせて面白《おもしろ》いのか！」

カッとして中田は娘《むすめ》の腕《うで》をつかんだ。

「放してよ！」

娘《むすめ》は中田の手を振《ふ》り払《はら》うと、「もう一度そんなことしたら、暴行罪《ぼうこうざい》で訴《うった》えてやるわよ。それなら確実《かくじつ》にクビでしょうからね」

とにらみつけた。

中田は、呆然《ぼうぜん》と、娘《むすめ》が出て行くのを見送っていた。

午後三時十分

「そんなこと言ったってだめだよ」

二階は、ある法人組織《そしき》の事務所《じむしょ》で、ほんの十人ばかりの人間が、何やら膨大《ぼうだい》な資《し》料《りょう》や文献《ぶんけん》の保管《ほかん》などに当っているらしかった。

「一台分だけです。何とかなりませんか」

中田は頭を下げた。

「こっちは先に予約したんだ。どうしても必要だというんなら、君のほうが先に予約しとくべきだろう」

「それは分っています。でも、ここはいつも午後から夕方には満車になったことなんかなかったので……」

「運が悪かったね。他を当ってごらん」

担当《たんとう》の男は、取りつく島もなかった。

「他にも当ってみました。でもみんな今入れてある車は明日まで動かさないと言うんです」

「ふん。でもそれはこっちの知ったことじゃないぜ」

「あの……そちらで予約して、まだ空いてる所が三つぐらいあるようですけど」

「ああ、あれもすぐ埋《うま》るよ。残念だけどね」

「どなたか、おいでにならない人とか——」

「君もしつこいね」

相手は顔をしかめた。「一人、遅《おく》れてみえるという連絡《れんらく》はあったが、全員揃《そろ》うのは間違《まちが》いないんだ。諦《あきら》めるんだな」

突《つ》き放《はな》されて、中田は一言もなく、また地下へと階段《かいだん》を降《お》りて行った。

ちょうど、車が一台入って来るところで、空いているスペースは二つ——いや、一つになった。上にいる間に一つは埋《うま》ってしまったらしい。

ただ一つ残った7番というスペースの前に、中田は立った。

たったこれだけの幅《はば》、これっぽっちの奥行《おくゆき》の空間のために、頭を下げ、駆《か》け回《まわ》っている自分が、何とも惨《みじ》めだった。しかし、これが〈仕事〉というものなのだ。――無関係な人間が見ると、馬鹿《ばか》げた、どうでもいいようなことに、力を尽《つ》くして、それで月給をもらっているのだ。

「上の準備《じゅんび》だ……」

中田は力なく呟《つぶや》くと、エレベーターのほうへと、重い足取りで向った。


「準備《じゅんび》は?」

八代充子が訊《き》いた。

「終りました」

と、中田は答えた。

一つを除《のぞ》いて、とは言えなかった。

「そう。じゃ、私《わたし》は会議室のほうへ行ってるから」

「分りました」

「中田君、あなたは下へ行ってて」

「下ですか?」

「駐車場《ちゅうしゃじょう》で村木先生を待っていてちょうだい。あの方は出迎《でむか》えがないとご機嫌《きげん》を損《そん》じるから」

「はい……」

「失礼のないようにね」

「分りました」

中田は、幸子と話したい、と思った。幸子なら、きっと慰《なぐさ》めてくれる。何かいい方法を考えてくれるかもしれない……。

しかし、幸子だって、駐車場《ちゅうしゃじょう》の車をどかしてしまうことはできない。

中田は腕時計《うでどけい》を見た。

午後三時四十分

駐車場《ちゅうしゃじょう》は、相変らず静かだった。

車たちも、何の変りもなく、それぞれの場所におさまっている。——7番は、まだ埋《うま》っていなかった。

しかし、そんなことは、何の気休めにもならない。万に一つ、その二階の客が、結局来ずじまいになる可能性《かのうせい》もないではなかったが、村木の車が先に着いたとしても、このスペースへ入れるわけにはいかないのだ。

それとも……黙《だま》って入れさせてしまおうか？

村木の車はもう来る頃《ころ》だ。先に入ってしまえばこっちのものだ。早い者勝ち。それでいけないわけがあるか？

無茶《むちゃ》な理屈《りくつ》をこじつけて、中田は、そのスペースをじっと見つめていたが、やがて、急いでエレベーターのほうへと駆《か》け出《だ》した。

会社へ戻《もど》ると、机《つくえ》からマジックインキを出し、コピー用原紙のつづりの裏表紙《うらびょうし》の厚紙《あつがみ》を切り取って、そこに、〈満車〉と大きな字で書いた。

これをあの駐車場《ちゅうしゃじょう》の入口へ出しておけば、たとえ二階の客が来ても、引き返してしまうだろう。こっちはそばで見ていて、村木の車が来たら、中へ案内すればいい。

中田はエレベーターで一階へ降《お》りると、駐車場《ちゅうしゃじょう》への降《お》り口《ぐち》の所に、〈満車〉と書いた厚紙《あつがみ》を、セロテープで貼《は》りつけた。

これでいい。――二階の客が何だ。先約が何だ。俺《おれ》はどうしても一台分のスペースがいるんだ！

我知《われし》らず、額《ひたい》に汗《あせ》をかいていた。そっとハンカチで拭《ぬぐ》っていると、

「何してるんだ」

と、背後《はいご》から声をかけられ、ギクリとして振《ふ》り向《む》いた。

――二階の、さっき中田が会った男が立っていた。

「その札はなんだ？　こっちのお客はまだ来てないんだぞ。うちの分が空いてるはずだ」

中田は何も言わなかった。相手が、ちゃんと察しているのは分っていたからだ。

「妙《みょう》なことされちゃ困《こま》るぜ」

男は、〈満車〉の札をむしり取ると、二つに裂《さ》いた。「そっちもどやされるのかもしれねえが、俺《おれ》だってそうだ。諦《あきら》めろよ、いい加減《かげん》に」

中田は、放り出された厚紙《あつがみ》をゆっくり拾い上げた。男は、

「もううちのお客はみえるはずさ。五分もすりゃ着くと電話があったばかりだ。気の毒だな」

と言《い》い捨《す》てて、行ってしまった。

中田は、車の降《お》りる斜面《しゃめん》を、駐車場《ちゅうしゃじょう》へと降《お》りて行った。

午後三時五十分

駐車場《ちゅうしゃじょう》は静かだった。

中田は、自分の足音の反響《はんきょう》に、耳を澄《す》ましながら、ただ、一人になりたかった。

どこかへ行ってしまいたい。駐車場《ちゅうしゃじょう》の予約だの、コピーだの、伝票だののない所へ、行きたい、と思った。

もう、何がどうなってもいい。車のスペースがあろうとなかろうと、それが一体何だろう？　そんなことが、どうしてそんなに大切なんだ？

下らない。何もかも、下らない！

中田は、一台分の、空いたスペース7番の前に来た。――中田は、その中央に座《すわ》り込《こ》んだ。

「どうだ。これで満車だ」

声に出して呟《つぶや》いてみて、急におかしくなって笑い出した。声が、びっくりするほど大きくなる。まるで豪傑《ごうけつ》の高笑いかと思うほどだった。

何か、自分が偉《えら》くなったような気がする。ただ、声が反響《はんきょう》するというだけで、そんな風に思えてしまうのだ。

そうだ。あの八代充子だって、上役だ、係長だと思うから怖《こわ》いのだ。上役というメガホンで、何でもない声が大きく聞こえるのだ。

何だ。ただの、平凡《へいぼん》な女じゃないか。美人でもない、もてるわけでもない。優《やさ》しくもない。優《やさ》しさなら、幸子のほうが、ずっとずっと上だ。

そうだとも。幸子に比《くら》べれば、八代充子なんて、女じゃない。あんな奴《やつ》が……一体どうして怖《こわ》かったんだろう？

怒《おこ》るなら怒《おこ》れ。怒鳴《どな》ればいい。好きなだけ皮肉を言えばいいんだ。——もう俺《おれ》は何も怖《こわ》くないぞ！

——駐車場《ちゅうしゃじょう》の入口のほうで、車のエンジンの音がした。

中田はそろそろと立ち上った。来たのだ。誰《だれ》だろう？　二階の客か？　それとも村木だろうか？

中田は現実《げんじつ》に引《ひ》き戻《もど》されていた。――青ざめて、入口のほうをじっと見つめた。村木の車なら見憶《おぼ》えがある。

車が姿《すがた》を見せた。

「違《ちが》う……」

来るな、と中田は思った。畜生《ちくしょう》！　来るな！　満車だ！

ある考えが、中田の頭に閃《ひらめ》いた。

そうだ。あの車が事故《じこ》を起こせば……。誰《だれ》かをはねるかどうかすれば、のんびり駐《ちゅう》車《しゃ》してはいられないはずだ。

入れるもんか。ここへは入れるもんか。

中田は隣《となり》の車の陰《かげ》に身を潜《ひそ》めた。――入って来た車は、空いたスペースを探《さが》しているように、ゆっくりと駐車場《ちゅうしゃじょう》の中を進んで来た。

ほんのちょっと、軽くぶつかるだけでいい。大げさにわめき立ててやる。車で病院へ運んでくれ、と言えば、向うは断《ことわ》るまい。

これだ！　これでスペースを確保《かくほ》できるぞ！　中田は、車が目の前へさしかかった時、飛び出した。同時に車は中田のほうへとカーブを切っていた。

午後四時十五分

八代充子は会議室から出て来た。受付に、幸子の代りに座《すわ》っていた女の子へ、

「中田君は？」

と訊《き》いた。

「さあ……」

「村木先生をご案内するように言ってあるんだけど。――駐車場《ちゅうしゃじょう》へ行って見てちょうだい」

「はい」

と立ち上りかけた時、誰《だれ》かが受付のほうへやって来た。

「あの、八代さんって方を……」

「私《わたし》ですが」

「あなたですか。私《わたし》、二階の事務所《じむしょ》の者ですが……」

「何のご用でしょう」

「今、下の駐車場《ちゅうしゃじょう》で……」

男は言い淀《よど》んだ。「おたくの若《わか》い社員が……」

「中田君ですね。何か失礼をいたしましたか？」

「彼《かれ》、死にましたよ」

八代充子は一瞬《いっしゅん》、当惑《とうわく》の面持《おもも》ちになった。男は、中田が駐車《ちゅうしゃ》スペースを都合してくれと頼《たの》みに来たことを説明した。

「――で、うちの最後の客の車の前へ飛び出したんですね。どういうつもりだったのか……。運悪く、車が思いがけない方向へカーブを切っていたので、まともにぶつかりまして……ドライバーが、また免許《めんきょ》取りたての人でしてね。慌《あわ》ててブレーキでなく、アクセルを踏《ふ》んだらしいんです。で、そのまま彼《かれ》を押《お》し倒《たお》して――」

「分りました」

八代充子は肯《うなず》いた。「わざわざどうも。ご迷惑《めいわく》をおかけしました」

「いや……」

男はため息をついた。「こっちもつい、意地になっちまったもんですからね……。気の毒なことをしましたよ。救急車が来た時にはもう虫の息で。――でも、うわごとのようにくり返しましてね。『駐車場《ちゅうしゃじょう》は取ってあります。八代さん』って……」

男が戻《もど》って行くと、八代充子は、呆然《ぼうぜん》としている受付の女の子へ、

「早く、課長さんへ知らせて！」

と、鋭《するど》い声で言った。

「は、はい！」

と、女の子が飛び上った。そこへ、

「何だか表が騒《さわ》がしいね」

と、声がして、当の村木がやって来た。

「先生。――お車はどうなさいました？」

でっぷり太った村木はニヤリと笑って、

「うん、少しやせようと思ってな。今日は電車で来た。ちょっと遅《おく》れたな。ま、いいだろう。もう始まってるのかね？」

「はい」

八代充子は言った。「ご案内します」

神崎が口を閉《と》じても、しばし、口をきく者もなかった。

「――悲しい話ですね」

と、私《わたし》は言った。

「たかが駐車場《ちゅうしゃじょう》一つのために……」

他の顧問《こもん》の一人が首を振《ふ》った。「信じられないような話だね」

「ですが、サラリーマンというのはそんなものかもしれませんよ」

と、私《わたし》は言った。

神崎がまた口を開いた。

「悲劇《ひげき》はそれだけじゃ終らなかったんです」

「すると……」

「その晩《ばん》、八代充子が首を吊《つ》って死んだのですよ」

そうか。中田という男の幽霊《ゆうれい》と一緒《いっしょ》にいたのだから、当然あの女も……。

「じゃ、責任《せきにん》を感じて?」

「死後、彼女《かのじょ》の日記が見つかりましてね」

と、神崎は言った。「そこには毎日、中田への想《おも》いが綿々《めんめん》とつづってあったそうですよ」

「中田への想《おも》い？」

「ええ。一目惚《ひとめぼ》れ同然に恋《こい》してしまったらしいですね。でも、それをどう表していいか分らなかった……」

「それで、わざと辛《つら》く当ったわけか。——何となく分りますね」

私《わたし》は肯《うなず》いた。「——中田という青年の恋人《こいびと》はどうしました？」

「野島幸子ですか？　ええ、やはりショックでしばらく寝込《ねこ》みましてね。その後、会社を辞《や》めましたよ。確《たし》か一年くらい前に、結婚《けっこん》したとか聞きましたが」

「それは良かった」

私《わたし》は、救われたような気がした。


会議を終え、車で来ていた他の顧問《こもん》たちと一緒《いっしょ》に駐車場《ちゅうしゃじょう》へ降《お》りると、当然のことながら、もう八代充子と、中田の姿《すがた》も、そこにはなかった。

「妙《みょう》な話でしたね」

と、他の顧問《こもん》が言った。

「何となく薄気味《うすきみ》が悪いな。早々に退散《たいさん》しましょう」

「そうですね」

口々に別れを告げ、各自の車へ乗《の》り込《こ》む。

なぜあの二人の幽霊《ゆうれい》が、私《わたし》の前へ現《あらわ》れたのだろうか。私《わたし》の車は7番のスペースに駐《ちゅう》車《しゃ》してあったのだ。彼《かれ》らには、私《わたし》がここへ車を置くことが、分っていたのではないだろうか。

命をかけてまで譲《ゆず》るまいとしたスペースに私《わたし》のような部外者の車を置いてほしくない。中田はそう思ったのかもしれない。

ゆっくりと車を出しながら、私《わたし》はこの次はここへは電車で来ようと思った。

出口へ向って、斜面《しゃめん》を上って行く時、バックミラーに、チラリと、車を見送っている二つの影《かげ》を見たのは、気のせいだったのだろうか……。

解説《かいせつ》　悲しく愛《いと》しい恐怖《きょうふ》のミステリー

山前《やままえ》　譲《ゆずる》

赤川次郎《あかがわじろう》さんの短編《たんぺん》ベストセレクション、「赤川次郎　ミステリーの小箱」の一冊《さつ》である本書『十代最後の日』には、非現実的《ひげんじつてき》な出来事が日常《にちじょう》とは違《ちが》った世界にみちびいていくミステリーが三作収《おさ》められています。

最初の「十代最後の日」には死神が登場します。大学二年生の友也《ともや》が朝、駅へと向かっていきます。そして角をヒョイと曲がると、七、八歳《さい》の少女が立っていました。彼女《かのじょ》がなんと死神だったのです。そして「迎《むか》えに来たの」と言います。じつは友也は、好きな女の子が溺《おぼ》れたとき、彼女《かのじょ》を助けるためにある約束を死神としたのです。その約束とは——。

死を怖《おそ》れる感情《かんじょう》から人間はなかなか逃《のが》れられません。その死の代理人である死神にも会いたくはありませんが、世界各地の伝説の世界だけでなく、小説や映画《えいが》にもよく登場します。人間はどこか心の奥底《おくそこ》で、死神の存在《そんざい》を肯定《こうてい》しているのでしょうか。

西洋の死神は大きな鎌《かま》を持っているのがポピュラーなようですが、なんとその鎌《かま》で魂《たましい》を獲《と》るのだとか。それから逃《のが》れるには、他者の魂《たましい》を捧《ささ》げなければならないというのですから、ちょっと辛《つら》い選択《せんたく》かもしれません。いや、死神なんて存在《そんざい》しないはずなのですが。

ただ、死の怖《おそ》れは愛情《あいじょう》によって克服《こくふく》することができる……。「十代最後の日」を読みおえたなら、きっとそんな思いをいだくことでしょう。

ミステリーといえば、小説の世界では一般的《いっぱんてき》に、なにかしらの謎《なぞ》を解《と》いていく物語のことを意味していますが、ミステリーのもともとの意味は神秘《しんぴ》や不思議です。大昔、人類が誕生《たんじょう》してしばらくの間は、世の中は不思議なことだらけだったはずです。それはきっと、恐怖《きょうふ》という感情《かんじょう》をそそったに違《ちが》いありません。

世界で最初のミステリーは、一八四一年に発表されたエドガー・アラン・ポー「モルグ街の殺人」とされています。人の出入りのできない部屋での殺人事件《さつじんじけん》、つまり密《みっ》室殺人《しつさつじん》の謎《なぞ》に名探偵《めいたんてい》が挑《いど》んでいました。

一方で、ポーには、お酒を飲むと乱暴《らんぼう》になり、殺人を犯《おか》してしまった男を猫《ねこ》が追いつめていく「黒猫《くろねこ》」のように、背筋《せすじ》がゾクッとする作品もあります。ミステリーが生まれるためにはそうした恐怖《きょうふ》の物語が必要でしたし、その恐怖《きょうふ》が解明《かいめい》されるようになった社会の変化が、ミステリーと呼《よ》ばれる物語を生み出したのでした。

そして二十一世紀、昔は恐怖《きょうふ》以外のなにものでもなかった大嵐《おおあらし》や雷《かみなり》、あるいは地震《じしん》といった自然現象《げんしょう》は、かなり解明《かいめい》が進んでいます。ただ、その原理を知ったとしても、こわいものはこわい！　人間の感情《かんじょう》のなかで、恐怖《きょうふ》がいかに大きな意味をもっているのか分かるでしょう。

自然現象《げんしょう》だけでなく、UFO（未確認《みかくにん》飛行物体）のように、今もまだ不思議な謎《なぞ》は残されています。現実《げんじつ》の社会にもまだミステリーは残されているのです。神秘的《しんぴてき》だったことや不思議だったことが解《と》き明《あ》かされていけばいくほど、解決《かいけつ》されていないミステリーへの恐怖《きょうふ》や不安は増《ま》していくのかもしれません。だから死神なんかには出会いたくない！

つづく「ハープの影《かげ》は黄昏《たそがれ》に」にはちょっと日本とは思えない、優雅《ゆうが》な雰囲気《ふんいき》が漂《ただよ》っています。夏休み、三年ぶりに叔母《おば》の家を訪《おとず》れた大学一年生の岐子《みちこ》は、屋敷裏《やしきうら》手《て》の馬場と叔母《おば》が所有する森（！）で乗馬を楽しむのでした。その日、パッとしない訪問客《ほうもんきゃく》の男との退屈《たいくつ》な時間を過《す》ごしたあと、いつものように森をめぐっていると、ハープの調べが耳に入ります。

もう日が暮《く》れかけていましたが、その調べが聞こえてくる白い家に入ってみました。ハープを演奏《えんそう》していたのは二十七、八歳《さい》の女性《じょせい》でした。紅茶《こうちゃ》をいただき、一曲聴《き》いて叔母《おば》の屋敷《やしき》へ帰ろうとすると、どうしたことか外はまだ明るいのです。そして屋敷《やしき》に着くと、叔母《おば》が二階の窓《まど》から、昨日と全く同じ言葉をかけてくるのでした。

ハープを聴《き》くと一日戻《もど》ってしまう不思議な時の流れに、岐子はたいへん戸惑《とまど》います。奇妙《きみょう》な出来事を〝頭から馬鹿《ばか》げていると決めつけるほど、石頭ではない〟岐子でも、逃《に》げ出《だ》したくなるのは当然でしょう。ずっと同じことが繰《く》り返《かえ》される？　いったいどうしたらその恐怖《きょうふ》から逃《のが》れられる？　その奇妙《きみょう》な世界こそが、彼女《かのじょ》の人生の岐路《きろ》だったことを知って、ホッとするに違《ちが》いありません。

この作品がもともと収録《しゅうろく》されていた『哀愁変奏曲《あいしゅうへんそうきょく》』は、音楽と楽器をテーマにしたこわい物語が連なっていますが、音楽をめぐるこわい赤川作品といえば、やはり長《ちょう》編《へん》の『禁《きん》じられたソナタ』です。日本楽壇《がくだん》の大御所《おおごしょ》が死んだとき、「送別」と題されたピアノソナタが残されていました。遺言《ゆいごん》にはなぜか、そのソナタを孫娘《まごむすめ》には弾《ひ》かせるな、と記されていました。そして奇怪《きかい》な事件《じけん》が連続するのです。

有名なスパイミステリーのタイトルをもじった最後の「駐車場《ちゅうしゃじょう》から愛をこめて」は、ユーモラスかつロマンチックなタイトルでしょう。しかし物語は哀愁《あいしゅう》を帯びています。

夜の九時、大学の先生が、車をあるビルの地下駐車場《ちゅうしゃじょう》に入れようとしました。これから会議があるからです。そこに若《わか》い男が現《あらわ》れて、駐車場《ちゅうしゃじょう》は満車だと言います。昼間ならともかく、こんな夜にはそんなことはありえません。しばし押《お》し問答《もんどう》をしていると、女が現《あらわ》れてその男を制《せい》するのでした。

車を駐車場内《ちゅうしゃじょう》に進めると、案の定、ガラガラです。そんなトラブルを会議の前に話すと、みんなの表情《ひょうじょう》が変わってしまいました。なんとあの男は幽霊《ゆうれい》だというのです。なぜ幽霊《ゆうれい》になってしまったのか。何かというと大事なことを忘《わす》れてしまい、怒《おこ》られてばかりいたサラリーマンの死が語られていくこの作品では、恐怖《きょうふ》だけでなく、切ない愛と驚《おどろ》きも描《えが》かれていくのです。

幽霊《ゆうれい》が登場する赤川作品はたくさんあります。おすすめは、死者の姿《すがた》が見える感受《かんじゅ》性豊《せいゆた》かな女子高校生を主人公にした『幽霊《ゆうれい》の径《みち》』でしょうか。姉妹をキーワードにした『ふたり』や『怪談人恋坂《かいだんひとこいざか》』では、死者がこの世に思い残したことが切々と伝わってきました。

シリーズものでは、霊感《れいかん》の強いバスガイド・町田藍《まちだあい》が、幽霊《ゆうれい》に会えるという奇妙《きみょう》なツアーを案内している〈怪異名所巡《かいいめぐ》り〉シリーズがあります。なお、赤川さんのデビュー作「幽霊《ゆうれい》列車」に始まる〈幽霊《ゆうれい》〉シリーズは、きちんと謎《なぞ》が解《と》かれるほうのミステリーですので、間違《まちが》えないようにしてください。

この「駐車場《ちゅうしゃじょう》から愛をこめて」や「ハープの影《かげ》は黄昏《たそがれ》に」も、「十代最後の日」と同様、恐怖《きょうふ》とともに愛情《あいじょう》がキーワードとなっています。愛情《あいじょう》もまた人間の本質的《ほんしつてき》な心の動きでしょう。その愛情《あいじょう》が恐怖《きょうふ》の物語に、ちょっと違《ちが》った読後感をもたらしています。

「赤川次郎　ミステリーの小箱」には本書のほか、謎解《なぞと》きの興味《きょうみ》をそそる『真夜中の電話』、ハートウォーミングな『命のダイヤル』、学園を舞台《ぶたい》にした『保健室《ほけんしつ》の午後』、社会を見すえる『洪水《こうずい》の前』と、多彩《たさい》な赤川作品がラインナップされています。きっとどれも楽しく読みおえることができるでしょう。

〈初出〉

「十代最後の日」　『記念写真』　角川文庫　二〇〇八年十月刊
「ハープの影は黄昏に」　『哀愁変奏曲』　集英社文庫　一九九三年四月刊
「駐車場から愛をこめて」　『真夜中のための組曲』　講談社文庫　一九八三年八月刊

赤川 次郎（あかがわ・じろう）
1948年福岡県生まれ。日本機械学会に勤めていた1976年、「幽霊列車」で第15回オール讀物推理小説新人賞を受賞して作家デビュー。1978年、『三毛猫ホームズの推理』がベストセラーとなって作家専業に。『セーラー服と機関銃』は映画化もされて大ヒットした。多彩なシリーズキャラクターが活躍するミステリーのほか、ホラーや青春小説、恋愛小説など、幅広いジャンルの作品を執筆している。2006年、第9回日本ミステリー文学大賞を受賞。2016年、日本社会に警鐘を鳴らす『東京零年』で第50回吉川英治文学賞を受賞。2017年にはオリジナル著書が600冊に達した。

編集協力／山前 譲
推理小説研究家。1956年北海道生まれ。北海道大学卒。会社勤めののち著述活動を開始。文庫解説やアンソロジーの編集多数。2003年、『幻影の蔵』で第56回日本推理作家協会賞評論その他の部門を受賞。

赤川次郎　ミステリーの小箱
こわい物語　十代最後の日

2017年12月　初版第1刷発行
2021年 4 月　初版第4刷発行

著　者　赤川次郎

発行者　小安宏幸
発行所　株式会社 汐文社
東京都千代田区富士見1-6-1
富士見ビル1F　〒102-0071
電話：03-6862-5200　FAX：03-6862-5202
印刷　新星社西川印刷株式会社
製本　東京美術紙工協業組合

ISBN978-4-8113-2454-8　乱丁・落丁本はお取り替えいたします。